專為華人打造，最好懂的韓語文法入門書

韓語文法

關鍵 **50** 選

一丁點就通

U0046424

● 韓語名師 **丁芷沂** 著　● 韓語博士 **陳慶智** 審訂

作者序

　　大家好，我是韓語老師丁芷沂。韓流旋風一吹二十年，帶起韓語學習風潮，各大教育機構，近來紛紛推出韓語課程，可見大家對韓語的接受度，已不同以往。有幸在韓流初期搭上旋風車，並在韓語世界裡，找到自信與快樂。我大學主修教育，在面臨就業之際，為兼顧專業與興趣，畢業後選擇到韓國攻讀碩士，也參與韓語教師培訓課程，儲備教學能量，邁向韓語教學之路。

　　教學至今超過五年，對課堂上的一切，有很多領悟。韓語學習者以上班族為多數，學習目的可分為興趣、旅遊和第二外語進修，共通點是多數人心有餘，而力不足。學習這件事，只能說「師父領進門，修行在個人。」老師能善用技巧解說，幫助學生快速理解，但不搭配練習，就會像金魚般，游一圈後就忘光了。成人的語言學習，主要以「文法」為中心，快速掌握語言的規則後，就能替換單字。不可避免，文法、單字都需要背誦，熟悉度越高，自然就能脫口而出。忙碌、沒時間、背不起來怎麼辦？只有「反覆看」一途，忘記就看，十遍、二十遍、一百遍，總有一天會記得。為了幫助學生學習，我決定整理最重要的文法，方便大家隨時翻閱。就是這個念頭，讓我提起筆，開始寫這本書。

　　這本文法書集結了初學者學完發音後，起步時必備的文法。分為打底用的「基礎篇」，以及依使用型態區分的「常用文法篇：文法類型①②③」。一般文法書多以意義區分，把相似意義的文法整合在一起，如：表示時間、推測、希望、理由等。不過我認為，初級的文法量，還不至於多到會混淆，比起以意義區分，不如先掌握使用方法，一旦懂得如何套用，只要有單字，就能造出句子。文法學習的順序，應該是：先了解該文法的意思，並且知道使用上的規則，接著拿不同的單字來練習，最後試著說出自己想說的話。以這樣的邏輯，我在各課都編排了以下內容：

　　一、老師講解：詳細說明文法的意思，以及該注意的細節
　　二、實際運用：示範如何套用，並補充特殊變化與特例
　　三、練習一下：藉由十題填空題，讓學習者思考如何應用

另外，我一直秉持「知道公式，就可以無止境套用」的理念，因此本書附錄提供了初級動詞、形容詞表，並區分為有尾音、沒尾音及不規則變化類型，方便大家進行替換。

　　這本書的目的，主要是為了統整文法，協助學習者在學習之餘，還能隨時檢閱，因此專注在文法解說及練習上。而生活對話及文化分享的部分，則是融合在練習題中，希望學習者能在無形中學習。此外，解答也與既有的模式不同。不單只有「答案」，而是呈現「完整的句子」。期望學習者熟悉文法之後，能開始記憶句子、模仿句子結構，創造出屬於自己的內容。因此，我將五十個文法，共計五百組句子，全部整理在一起，方便學習者翻閱、複習。

　　文法是用外語說話的捷徑，單字與文法的關係，兩者是相輔相成。假設知道「吃」這個單字，就能透過不同文法，組出「想吃、不吃、吃不下」。學了「想」這個文法，也能由不同單字，變化出「想吃、想喝、想看、想睡」等表達。掌握文法的意義及使用方式，是很重要的，只要懂了文法，就能搭配各種單字造句，用外語表達的願望，不再遙不可及。

　　現在各位或許像小朋友一樣，只會用最簡單的單字、最短的句子來表達。但請別忘了，語言是靠累積而成。奠定好基礎後，透過持續不斷地學習、練習句子與句子的結合，一步步慢慢累積，終會成為一段對話。母語尚需時間學習，何況是外語。希望各位能夠藉由這本書，打好韓語學習的根基，耐心耕耘，早日邁向用韓語對話的康莊大道。

丁芷沂

使用說明

本書主要可二分為「基礎篇」及「常用文法篇：文法類型 ❶ ❷ ❸」兩大單元，並於書末提供解答及文法變化表。

基礎篇

基礎篇的內容是學會發音之後，必經的打底之路。無論是高麗大學、首爾大學、延世大學，還是其他版本的教材，都是以這些文法為起始點，必須要有基礎篇的文法知識，才能銜接後面的內容。

常用文法篇：文法類型 ❶ ❷ ❸

常用文法篇不以意義分類，改以使用文法時的「套用型態」區分。韓語文法套用模式共有三種：

❶ 「–(으)」型：

套用時，需區分原型單字是否有尾音，文法公式以「–(으)」呈現。有尾音需要加 (으)，沒尾音則不用。

如：–(으) 면、–(으) ㅂ시다、–(으) ㄹ까요？

❷ 「—」型：

不須區分尾音，直接加上原型單字即可，文法公式以「—」呈現。

如：– 고 싶다、– 지만、– 지요？

❸ 「아／어／해」型：

先將單字換成 요 型態，去掉 요，加上剩餘的部分，文法公式以「아／어／해」呈現。

> ✿ 在此，特別說明文法名稱標記方式。아 / 어 / 해 型最原始的書寫方式應為 아 / 어 / 여 型，因 여 一類，一般會縮寫成為 해 字，便取其簡化之字，作為本書標記法。
> 如：아 / 어 / 해 주다 (아 / 어 / 여 주다)、아 / 어 / 해 보다 (아 / 어 / 여 보다)、아 / 어 / 해서 (아 / 어 / 여서)

書中共收錄 50 個單元，每個單元都包含「老師開場、老師講解、實際運用、練習一下」四個部分，幫助讀者循序漸進認識、了解、運用文法。

老師開場
學習前的開胃菜，
先讓學習者對此文
法有簡單概念。

教學影片 QR 碼
基礎篇 20 個單元提供
教學影片，掃 QR 碼便
可看到老師真人講解。

老師講解
關於文法的大小事。意義解釋、注意事項皆在其中。

實際運用
示範如何將單字套用進文
法，包含不規則的特別變化。

實際運用

★ 母音是ㅓ的單字加上 어요 時，ㅓ 和ㅓ可以合併成母音 ㅓ。

▶ 배우다 學習　배우+어요　➡ 배워요

▶ 나누다 分享　나누+어요　➡ 나눠요

★ 母音是ㅣ的單字加上 어요 時，ㅣ 和ㅓ可以合併成母音 ㅕ。

▶ 마시다 喝　마시+어요　➡ 마셔요

▶ 기다리다 等　기다리+어요　➡ 기다려요

(1) 아요
動詞或形容詞單字去掉 다，看 다 前字的母音，當母音是ㅏ 或ㅗ 時，
加上 아요。

▶ 알다 知道　알+아요　➡ 알아요

▶ 좋다 好　좋+아요　➡ 좋아요

★ 母音是ㅏ的單字加上 아요 時，因為ㅏ重複，所以可以省略，直接加 요。

▶ 가다 去　가+아요　➡ 가요

▶ 만나다 見面　만나+아요　➡ 만나요

★ 母音是ㅗ的單字加上 아요 時，ㅗ和ㅏ可以合併成母音 ㅘ。

▶ 오다 來　오+아요　➡ 와요

▶ 보다 看　보+아요　➡ 봐요

(2) 어요
動詞或形容詞單字去掉 다，看 다 前字的母音，當母音不是ㅏ 或ㅗ
時，加上 어요。

▶ 먹다 吃　먹+어요　➡ 먹어요

▶ 읽다 讀　읽+어요　➡ 읽어요

★ 母音是ㅓ的單字加上 어요 時，因為ㅓ重複，可以省略，直接加 요。

▶ 서다 站　서+어요　➡ 서요

(3) 해요
看到以 하다 結尾的單字，把 하다 改成 해요。（★ 最廣泛地是 하여요，縮寫成 해요。）

▶ 사랑하다 愛　하다 換成 해요　➡ 사랑해요

▶ 좋아하다 喜歡　하다 換成 해요　➡ 좋아해요

文法 Point

※ 不規則變化
有些單字為不規則變化，和上述判斷基本不一樣，詳細可參閱 Lesson 21～25。

ㄷ 不規則	듣다 聽	➡ 들어요	걷다 走	➡ 걸어요
ㅂ 不規則	눕다 躺	➡ 더워요	춥다 冷	➡ 추워요
르 不規則	빠르다 快	➡ 빨라요	모르다 不知道	➡ 몰라요
ㅅ 不規則	고르다 選	➡ 고파요	예쁘다 漂亮	➡ 예뻐요

※ 半語
把 요 去掉，就會變成電視上常出現的半語囉，如：좋아？（好嗎？）、어때？（漂亮
嗎？）、그래。（是喔~）、사랑해~（愛你~），記得，和熟識的朋友才能說半語。
若是向長輩或是不熟的人說半語，那可是失禮的行為，大家一定要注意！

補充
每個單元內，遇到例外、要注意的地方，或延伸
比較時，會另外拉出一個框補充，幫助釐清概
念、解決困惑。

練習一下
讓學習者試著應用
規則套用單字，附有
中文翻譯，方便理解
及增加單字量。

연습하기

❶ 사다 :
　買

❷ 앉다 :
　坐

❸ 웃다 :
　笑

❹ 읽다 :
　讀

❺ 있다 :
　有

❻ 알다 :
　知道

❼ 배우다 :
　學

❽ 없다 :
　沒有

❾ 이기다 :
　贏

❿ 사랑하다 :
　愛

⓫ 노래하다 :
　唱歌

⓬ 전화하다 :
　打電話

解答

本書整理了 50 個文法，每個文法皆提供 10 題練習題，共計 500 組句子。句子內容生活化，並穿插韓國文化於其中。解答區特別提供完整句子，使其不僅有解答的功能，還能讓學習者再度全面省視句子，作為仿作時的參考。

文法變化表

提供初級動詞及形容詞表。先以有尾音、沒尾音、不規則變化進行大分類，各分類再提供現在式、過去式、未來式的型態。以便學習者進行公式替換練習。

目錄

一、基礎篇

不規則變化篇

二、常用文法篇

文法類型 ❶「–(으)」型

文法類型 ❷「—」型

文法類型 ❸「아／어／해」型

【附錄】

－練習題解答 & 500 句例句
－ 200 組文法變化表

【基礎篇】

在進入基礎篇之前，有三個相當重要的概念要先介紹給大家。

一、韓文在與人說話的時候，會依據場合、彼此關係、年紀、地位等分有不同說法。因此，同樣的一句話，會有不同的表現方式。初級的同學們，可以先了解格式體敬語、非格式體敬語、半語，這三種類型。

	格式體敬語	非格式體敬語	半語
解釋	在正式的場合，生疏的關係，或是下對上，非常有禮貌的說話。	在日常生活中，對年紀、地位比自己大的人，或是不太熟悉的人，輕鬆一點但不失禮貌的說話方式。	在彼此是熟識朋友，或是年紀大對年紀小的講話時所使用的。
範例	고맙습니다（謝謝） 맛있습니다（好吃） 사랑합니다（愛你）	고마워요（謝謝） 맛있어요（好吃） 사랑해요（愛你）	고마워（謝謝） 맛있어（好吃） 사랑해（愛你）

二、韓文「字」是由子音（초성 初聲）、母音（중성 中聲）、尾音（받침 終聲）所組成。韓文字的擺放方式有以下幾種。

(1) 子音＋母音，如 나、너、미

子音	母音

(2) 子音＋母音，如 오、부、묘

子音
母音

(3) 子音＋母音＋尾音，如 강、빅、면

子音	母音
尾音	

(4) 子音＋母音＋尾音，如 돈、곰、묵

子音
母音
尾音

　　三、韓文單字無論「動詞」或「形容詞」，都是以 다 為結尾，動詞如 보다（看）、먹다（吃），形容詞如 비싸다（貴）、좋다（好）。請將這些以 다 結尾的單字看作是基本原型，也就是未套入文法公式前的原始樣貌。

　　當我們開始要進行文法套用時，都必須先「去掉 다」，再以 다 前面的那一個字來判別「是否有尾音」或「母音為何」。

▶ **보다 看**　⇨　去掉 다，只看 보　⇨　沒有尾音，母音為 ㅗ
▶ **먹다 吃**　⇨　去掉 다，只看 먹　⇨　有尾音，母音為 ㅓ
▶ **비싸다 貴**　⇨　去掉 다，只看 싸　⇨　沒有尾音，母音為 ㅏ
▶ **좋다 好**　⇨　去掉 다，只看 좋　⇨　有尾音，母音為 ㅗ

　　若是「名詞」，如 가수（歌手）、학생（學生），則是以最後一個字來判別「是否有尾音」。

▶ **가수 歌手**　⇨　只看 수　⇨　沒有尾音
▶ **학생 學生**　⇨　只看 생　⇨　有尾音

아요、어요、해요
有禮貌的說話語尾— 現在式

撒嘟嘿唷（愛你）！咪安嘿唷（對不起）！是不是覺得韓文講到最後都好像要來個「唷」字呢？「唷」是什麼意思呢？

老師講解

　　十幾年前，大家對韓語接受度還不高，每當有人要模仿韓國人說話，總會說「XXXX 唷～」、「OOO 唷～」，好像在結尾處來個唷，就會變成韓語。老師我不禁要佩服這些藝人，真是會抓重點。因為韓國人日常生活中最常使用的「非格式體敬語」，的確就是 요 結尾。

　　非格式體敬語的用途廣泛，舉凡居家生活、上班、交際應酬都能使用。尤其是我們外國人，除了追劇、追韓綜會聽到外，和韓國朋友聊天時，用 요 結尾的敬語說話，就絕對不失禮。那麼，要怎麼變出 요 呢？

　　요 有三種套用規則，當母音為 ㅏ 或 ㅗ 時加上 아요，母音不為 ㅏ 或 ㅗ 時加上 어요，若單字正好是 하다 結尾，直接把 하다 換成 해요 即可。

　　然而，上述的「母音」究竟是要看哪一個字的母音呢？例如 입다（穿），是要用 입 還是 다 來判斷？答案是 입。別忘了，文法套用時，都必須把 다 去掉，只看 다 前面的那個字來判斷喔。

▶ **앉다** 坐　　⇨　只看 앉　　⇨　앉아요

▶ **웃다** 笑　　⇨　只看 웃　　⇨　웃어요

▶ **사랑하다** 愛　　⇨　看到 하다　　⇨　사랑해요

(1)아요

動詞或形容詞單字去掉 다，看 다 前字的母音。當母音為 ㅏ 或 ㅗ 時，加上 아요。

▶ **알다** 知道　　　알＋아요　　　⇨　　알아요

▶ **좋다** 好　　　　좋＋아요　　　⇨　　좋아요

> ☆ 母音是 ㅏ 的單字加上 아요 時，因為 ㅏ 重複，所以可以省略，直接加 요。

▶ **가다** 去　　　　가＋아요　　　⇨　　가요

▶ **만나다** 見面　　만나＋아요　　⇨　　만나요

> ☆ 母音是 ㅗ 的單字加上 아요 時，ㅗ 和 ㅏ 可以合併成母音 ㅘ。

▶ **오다** 來　　　　오＋아요　　　⇨　　와요

▶ **보다** 看　　　　보＋아요　　　⇨　　봐요

(2)어요

動詞或形容詞單字去掉 다，看 다 前字的母音。當母音不是 ㅏ 或 ㅗ 時，加上 어요。

▶ **먹다** 吃　　　　먹＋어요　　　⇨　　먹어요

▶ **읽다** 讀　　　　읽＋어요　　　⇨　　읽어요

> ☆ 母音是 ㅓ 的單字加上 어요 時，因為 ㅓ 重複，可以省略，直接加 요。

▶ **서다** 站　　　　서＋어요　　　⇨　　서요

▶ **배우다** 學習　　배우＋어요　　⇨　　배워요

▶ **나누다** 分享　　나누＋어요　　⇨　　나눠요

▶ **마시다** 喝　　　마시＋어요　　⇨　　마셔요

▶ **기다리다** 等　　기다리＋어요　　⇨　　기다려요

(3) 해요

看到 하다 結尾的單字，把 하다 改成 해요。（☆ 最原始是 하여요，縮寫成 해요。）

▶ **사랑하다** 愛　　하다 換成 해요　⇨　　사랑해요

▶ **좋아하다** 喜歡　하다 換成 해요　⇨　　좋아해요

文法 Point

※ 不規則變化

有些單字為不規則變化，和上述判斷基準不一樣，詳細可參閱 Lesson 21~25。

ㄷ 不規則	듣다 聽	➡ 들어요	걷다 走	➡ 걸어요
ㅂ 不規則	덥다 熱	➡ 더워요	춥다 冷	➡ 추워요
ㄹ 不規則	빠르다 快	➡ 빨라요	모르다 不知道	➡ 몰라요
ㅡ 不規則	고프다 餓	➡ 고파요	예쁘다 漂亮	➡ 예뻐요

※ 半語

把 요 去掉，就會變成電視上常出現的半語囉，如：좋아？（好嗎？）、예뻐？（漂亮嗎？）、그래～（是喔～）、사랑해～（愛你～）。記得，和熟識的朋友才能說半語。

若是向長輩或是不熟的人說半語，那可是失禮的行為，大家一定要注意！

1 사다 : _____
   買

2 앉다 : _____
   坐

3 웃다 : _____
   笑

4 읽다 : _____
   讀

5 있다 : _____
   有

6 알다 : _____
   知道

7 배우다 : _____
   學

8 없다 : _____
   沒有

9 미치다 : _____
   瘋

10 사랑하다 : _____
   愛

11 노래하다 : _____
   唱歌

12 전화하다 : _____
   打電話

을 / 를
給予受格角色的助詞

> 韓文的語順和中文不一樣。中文說「吃飯」，韓文說「飯吃」。中文說「喝咖啡」，韓文是「咖啡喝」。而吃的「飯」，喝的「咖啡」，它們還需要另一個特別的助詞來幫忙。

老師講解

　　中文由位置來分別誰是主詞、動詞和受詞。例如「我愛你、你愛我」，位置不同，意義也不同。韓文不看位置，看「助詞」。單獨的名詞在韓文句子中，是沒有任何地位的，不知道該名詞扮演的角色是什麼，因此需要「助詞」來賦予任務，決定名詞要擔任受詞還是主詞。

　　을、를 稱為「受格助詞（목적격 조사）」，擁有賦予名詞成為受詞的功能。

태희를 사랑해요.　　**愛泰希。**

> ✿　「태희 泰希」是「사랑해요 愛」這個動詞的表現對象，因此在泰希的後面加上 를，給予「태희 泰希」受詞的地位。

　　을 或 를 的套用方法很簡單，如果擔任受詞的名詞，最後一個字有尾音，那就加 을，沒有尾音就加 를。

밥을 먹어요.　　　**吃飯。**
커피를 마셔요.　　**喝咖啡。**

　　在句子中看到 을、를，就能知道誰是受詞。即使位置調換，我們還是能夠依據「受格助詞」分辨關係。

밥을 먹어요.　　　**吃飯。**
먹어요~ 밥을.　　**吃飯。**

(1) 名詞有尾音加 을

김밥을 먹어요.   **吃紫菜飯捲。**

라면을 먹어요.   **吃泡麵。**

술을 마셔요.   **喝酒。**

물을 마셔요.   **喝水。**

(2) 名詞沒尾音加 를

떡볶이를 먹어요.   **吃辣炒年糕。**

고기를 먹어요.   **吃肉。**

커피를 마셔요.   **喝咖啡。**

주스를 마셔요.   **喝果汁。**

文法 Point

※ 韓文有很多單字都是 OO 하다，這種型態的單字，多半屬於名詞＋하다（做）。平常可以看成一個完整的單字，也可以拆回名詞＋하다 來看。

공부하다   **學習**   한국어를 공부해요. **學習韓文。**

                    공부를 해요. **學習。**

수영하다   **游泳**   수영해요. **游泳。**

                    수영을 해요. **游泳。**

※ 小心！有些單字剛好長得是 OO 하다 的樣子，但不是名詞＋하다 組成，這類型的單字不可以拆開喔！

좋아하다   **喜歡**   이민호를 좋아해요. **喜歡李敏鎬。**

                    좋아를 해요. **（X）**

싫어하다   **討厭**   술을 싫어해요. **討厭酒。**

                    싫어를 해요. **（X）**

1 드라마_____ 봐요 .
　看偶像劇。

2 책_____ 읽어요 .
　讀書。

3 친구_____ 만나요 .
　見朋友。

4 버스_____ 기다려요 .
　等公車。

5 문_____ 열어요 .
　開門。

6 한국어_____ 배워요 .
　學韓文。

7 가방_____ 사요 .
　買包包。

8 운동_____ 해요 .
　運動。

9 청소_____ 해요 .
　打掃。

10 뽀뽀_____ 해요 .
　親親。

은 / 는
給予介紹主題功能的助詞

> 雖然學了動作怎麼說，會說「밥을 먹어요 .」、「커피를 마셔요 .」，
> 但怎麼都沒有做動作的人啊？不能說「아빠 밥을 먹어요 .」嗎？

老師講解

　　討論 아빠 밥을 먹어요 . 這個句子之前，先來認識 은 / 는 這個助詞。은 / 는 稱之為「補助詞（보조사）」，表示添補、加上一些特別意義的意思。就像 을 / 를 受格助詞一樣，中文沒有對等的翻譯。因為它只帶有「功能」，而沒有實質語義。

　　은 / 는 所帶有的特殊功能就是告訴我們，它前方的名詞是我們想要介紹、說明的「主題」、「話題」。簡單說就是，A 怎麼了，B 東西、C 事件怎麼樣。

아빠는 밥을 먹어요 .　　　**爸爸吃飯。**

> ☆ 爸爸是句子的主題，我們在談論或說明爸爸在做什麼。

남동생은 커피를 마셔요 .　　**弟弟喝咖啡。**

> ☆ 弟弟是主題，討論或說明弟弟的行為。

　　雖然 은 / 는 是沒有對應的中文翻譯，但我們可以用「呢～」來表現。這樣的方式比較容易感受到「主題、介紹」的意思。

저는 밥을 많이 먹어요 .　　我呢～吃很多飯。
저는 김치를 좋아해요 .　　我呢～喜歡泡菜。

另外，既然是主題，那麼主題的內容就很重要囉，因此有的文法書會告訴你，句子的重點在 은 / 는 後面。

實際運用

은 或 는 的套用方法一樣看尾音，如果想要介紹、說明的主題名詞最後一個字有尾音，那就加 은；沒有尾音就加 는。

(1) 名詞沒尾音加 는

| 저는 지훈을 좋아해요. | **我呢～喜歡志勳。** |
| 친구는 술을 마셔요. | **朋友呢～在喝酒。** |

(2) 名詞有尾音加 은

| 지연은 청소해요. | **智妍呢～在打掃。** |
| 여동생은 학생이에요. | **妹妹呢～是學生。** |

文法 Point

은 / 는 還有比較、強調的功能。

저**는** 김치를 먹지만 친구**는** 안 먹어요. 我吃泡菜，但朋友不吃。
☆ 比較對象是 저 和 친구

재미**는** 있지만 너무 어려워요. 有趣但是太難。
☆ 強調有趣味但太難

---

1 남동생_____ 대학생이에요 .
弟弟是大學生。

2 아버지_____ 회사원이에요 .
爸爸是上班族。

3 김치_____ 한국의 대표음식이에요 .
泡菜是韓國的代表食物。

4 런닝맨_____ 아주 재미있어요 .
Running Man 很有趣。

5 여기_____ 제 모교예요 .
這裡是我的母校。

6 오늘의 점심 메뉴_____ 비빔밥이에요 .
今天的午餐菜單是拌飯。

7 우리_____~~ 슈퍼주니어예요 !
我們 ~~ 是 Super Junior ！

8 여기_____ 명동이고 저기_____ 남대문이에요 .
這裡是明洞，那裡是南大門。

9 대만 음식_____ 싸고 맛있어요 .
台灣的食物便宜又好吃。

10 한국 여자_____ 화장을 잘해요 .
韓國女生很會化妝。

Lesson 4

이 / 가
給予主格角色的助詞

> 追星的人多少應該都聽過或喊過「오빠가 너무 멋있어요！（哥好帥！）」、「우리 오빠가 최고야！（我們家哥哥是最棒的！）」這類型的句子吧？但，有沒有覺得哪裡怪怪的？오빠가 的 가 又是什麼東西啊？

老師講解

　　繼 을 / 를 / 은 / 는 之後，助詞再一發！이 / 가「主格助詞（주격조사）」和 을 / 를 / 은 / 는 一樣，有功能但沒實質意思。而 이 / 가的功能則是告訴我們，它前面的名詞就是句子中的主詞，也就是你在說的「誰」？指的是「什麼東西」？

오빠가 너무 멋있어.	哥好帥。
가방이 비싸요.	包包貴。
사과가 달아요.	蘋果甜。

　　上面的例句是說誰帥？什麼東西貴？什麼東西甜？看到 이 / 가，就知道所指的是「哥、包包和蘋果」的意思。

實際運用

　　看名詞最後一個字是否有尾音，有尾音加 이，沒有則加 가。

(1) 名詞有尾音加 이

얼굴이 예뻐요.	臉蛋漂亮。
비빔밥이 맛있어요.	拌飯好吃。
형이 방에서 자요.	哥在房間睡覺。

(2) 名詞沒有尾音加 가

김치찌개가 매워요.	泡菜鍋辣。
강아지가 귀여워요.	小狗可愛。
엄마가 부엌에서 요리해요.	媽媽在廚房做菜。

(3) 幾個特別變化

▶ **나＋가**　　⇨　내가　我

▶ **저＋가**　　⇨　제가　我（較謙虛）

▶ **너＋가**　　⇨　네가　你（非標準語，但許多人還是會說 너가）

▶ **누구＋가**　⇨　누가　誰

文法 Point

은 / 는、이 / 가 比較

想必有人開始困惑了，은 / 는、이 / 가 有什麼不同？說明如下。

이 / 가	은 / 는
主詞	主題
（重點在「誰」做了動作、「某東西」的狀態）	（先點出主題，重點在主題內容上）
新話題的開端	話題延續（舊話題）
（要先讓對方知道要開始聊「誰」、「某東西」的事情）	（雙方都知道在聊的對象後，把重心放在內容上）

文法書或課本的例句往往只有一句話，但請不要忘記，日常生活一定是對話，有前後文。

① 제가 대만 사람이에요 .　　我是台灣人。
② 저는 대만 사람이에요 .　　我是台灣人。

☆ 單看一句話時，這兩句在文法上都沒有錯，只是使用的時間點會不一樣。

依據情境、表示方式、心態的不同,可以選擇用 은 / 는 或 이 / 가。一起看以下幾個例句。

① 若有人問「누가 대만 사람이에요?」,因此答覆「제**가** 대만 사람이에요」.

→ 重點在「誰」是。

② 而在自我介紹時,就能說「안녕하세요 . 저**는** 대만 사람이에요 .」

→ 介紹自己,提供自己的資訊給對方。

③ 來看一小段對話

가 : 이것이 뭐예요?(這是什麼?)

✿ 第一次看到的東西,想問朋友,因此把焦點移到「這個東西」上面

나 : 김치예요 .(是泡菜) 김치는 한국의 대표 음식이에요 .(泡菜是韓國的代表食物)

✿ 延續話題,介紹泡菜,重點在後方內容。

1. 여기＿＿＿＿＿＿＿＿ 신사동이에요？
   這裡是新沙洞嗎？

2. 이 분＿＿＿＿＿＿＿＿ 누구세요？
   這位是誰？

3. 저 사람＿＿＿＿＿＿＿＿ 왜 집에 안 가요？
   那人為何不回家？

4. 아버지＿＿＿＿＿＿＿＿ 매일 출근해요 .
   爸爸每天上班。

5. ＿＿＿＿＿＿＿＿ 밥해요？
   誰煮飯？

6. 기분＿＿＿＿＿＿＿＿ 너무 좋아요 .
   心情真好。

7. 대만 날씨＿＿＿＿＿＿＿＿ 아주 습해요 .
   台灣天氣非常潮濕。

8. 이모＿＿＿＿＿＿＿＿ 우리 집에 왔어요 .
   阿姨來我們家。

9. 떡볶이＿＿＿＿＿＿＿＿ 정말 맛있어요 .
   辣炒年糕真的很好吃。

10. 와 ! 눈＿＿＿＿＿＿＿＿ 와요 . 너무 예뻐요 .
    哇！下雪了。真漂亮。

Lesson 5

에서
表示做動作的地方助詞

> 光有動作，是不是覺得少了點什麼呢？沒錯！就是地點了。像是「在學校讀書、在百貨公司逛街」，韓文到底要怎麼說呢？

老師講解

在學校讀書不能只說「학교 공부해요.」，在百貨公司逛街也不能說「백화점 쇼핑해요.」，說明地方時需要加上地方助詞「에서」。「에서」的功能是告訴我們**動作進行的地方**，看到 에서 前面的場所，就能知道是在哪裡做動作。

학교에서 공부해요.　　　在學校讀書。
백화점에서 쇼핑해요.　　在百貨公司逛街。

實際運用

에서 的實際運用非常簡單，只要將地點放在前面，無須分別是否有尾音。

地點＋에서

커피숍에서 커피를 마셔요.　　在咖啡廳喝咖啡。
영화관에서 영화를 봐요.　　　在電影院看電影。
슈퍼에서 우유를 사요.　　　　在超商買牛奶。
어디에서 친구를 만나요?　　　在哪裡見朋友？

常用地點

학교	學校	회사	公司	백화점	百貨公司	시장	市場
식당	餐廳	영화관	電影院	우체국	郵局	화장실	廁所
병원	醫院	약국	藥局	도서관	圖書館	서점	書局
집	家	은행	銀行	지하철역	地鐵站	교실	教室
공항	機場	사무실	辦公室	공원	公園	커피숍	咖啡廳
마트	超市	회의실	會議室	방	房間	거실	客廳
강남	江南	명동	明洞	신촌	新村	부산	釜山
경주	慶州	대구	大邱	남이섬	南怡島	제주도	濟州島

1 식당＿＿＿＿＿＿＿＿＿＿ 밥을 먹어요 .
  在餐廳吃飯。

2 명동＿＿＿＿＿＿＿＿＿＿ 쇼핑해요 ?
  在明洞逛街嗎？

3 강남＿＿＿＿＿＿＿＿＿＿ 연예인을 봤어요 .
  在江南看到藝人了。

4 공항＿＿＿＿＿＿＿＿＿＿ 기다려요 .
  在機場等待。

5 지금 어디＿＿＿＿＿＿＿＿＿＿ 일해요 ?
  現在在哪上班？

6 이마트＿＿＿＿＿＿＿＿＿＿ 과자를 많이 샀어요 .
  在 emart 買了好多餅乾。

7 서울역＿＿＿＿＿＿＿＿＿＿ 기차를 타요 .
  在首爾站搭火車。

8 방＿＿＿＿＿＿＿＿＿＿ 자요 .
  在房裡睡覺。

9 밖＿＿＿＿＿＿＿＿＿＿ 뭐 해요 ?
  在外面做什麼？

10 평생교육원＿＿＿＿＿＿＿＿＿＿ 한국어를 배워요 .
   在進修推廣部學韓文。

Lesson 6

에
表示時間的助詞

有了地點、動作，就差個···時間了！不會說時間還無法跟人家約出去吃飯呢！一起來看看吧。

老師講解

做動作的地方必須加地方助詞 에서，而時間也有自己專屬的助詞。「에」就是時間助詞，它加在時間後面，告訴我們事情發生的時間點。

일요일에 도서관에서 공부해요.　　　　星期日在圖書館讀書。
오후 3 시에 낮잠을 자요.　　　　　　下午三點睡午覺。

雖然 에 是時間助詞，但有些時間單字卻不需要加助詞。如：언제 何時、오늘 今天、내일 明天、모레 後天、어제 昨天、그저께 前天、올해 今年、지금現在。

지금 뭐해요 ?　　　　　　　　　現在做什麼？
언제 만나요 ?　　　　　　　　　何時見面？
내일 시험을 봐요.　　　　　　　明天考試。

實際運用

同一句子中有多個時間點時，時間由大排到小，時間描述完畢之後再加上 에 即可。

1998년에 태어났어요.   1998 年出生。

3월에 결혼해요.   三月結婚。

16일에 졸업해요.   16 號畢業。

퇴근 후에 한잔해요.   下班後喝一杯。

2018 년 3 월 22 일 목요일 오후 2 시 30 분에 학교 앞에서 만나요.
2018 年 3 月 22 號星期四 下午 2 點 30 分在學校前見。

補充

※ 時間疑問詞

언제	**何時**	언제 출발해요 ?	**何時出發 ?**
몇 월 며칠	**幾月幾號**	몇 월 며칠에 만나요 ?	**幾月幾號見面 ?**
무슨 요일	**星期幾**	무슨 요일에 한국어를 배워요 ?	**星期幾學韓文 ?**
몇 시	**幾點**	몇 시에 일어났어요 ?	**幾點起床的 ?**
몇 분	**幾分**	지금 몇 분이에요 ?	**現在是幾分 ?**

※ 日期念法

1997 年	1997 년 [천구백구십칠년]	**2018 年**	2018 년 [이천십팔년]
1/1	일월 일일 [이뤌 이릴]	7/20	칠월 이십일 [치뤌 이시빌]
2/2	이월 이일 [이월 이일]	8/21	팔월 이십일일 [파뤌 이시비릴]
3/3	삼월 삼일 [사뭘 사밀]	9/22	구월 이십이일 [구월 이시비일]
4/5	사월 오일 [사월 오일]	10/10	시월 십일 [시월 시빌]
5/16	오월 십육일 [오월 심뉴길]	11/30	십일월 삼십일 [시비뤌 삼시빌]
6/6	유월 육일 [유월 유길]	12/31	십이월 삼십일일 [시비월 삼시비릴]

☆ 日期的 6 月和 10 月，並不寫成 육월、십월，而是 유월、시월。這兩個狀況是特例，
只有在 6 月和 10 月的 6 和 10，以 유 和 시 表現。

※ 時間念法

1:00	한 시	7:35	일곱 시 삼십오 분
2:05	두 시 오 분	8:40	여덟 시 [여덜 시] 사십 분
3:10	세 시 십 분	9:45	아홉 시 사십오 분
4:20	네 시 이십 분	10:50	열 시 오십 분
5:25	다섯 시 이십오 분	11:55	열한 시 [여란 시] 오십오 분
6:30	여섯 시 삼십 분 / (반)	12:00	열두 시

※ 重要單字

早上	아침	星期一	월요일
上午	오전	星期二	화요일
中午	점심	星期三	수요일
下午	오후	星期四	목요일
傍晚	저녁	星期五	금요일
晚上	밤	星期六	토요일
凌晨	새벽	星期日	일요일

1 아침 7 시 ＿＿＿＿＿＿＿＿＿＿ 일어나요 .
早上七點起床。

2 토요일 오전 ＿＿＿＿＿＿＿＿＿＿ 뭐 해요 ?
星期六上午做什麼？

3 밤 11 시 ＿＿＿＿＿＿＿＿＿＿ 샤워해요 .
晚上十一點洗澡。

4 30 분 ＿＿＿＿＿＿＿＿＿＿ 출발해요 .
30 分出發。

5 6 시반 ＿＿＿＿＿＿＿＿＿＿ 저녁을 먹어요 .
六點半吃晚餐。

6 오후 ＿＿＿＿＿＿＿＿＿＿ 커피를 마셔요 ?
下午喝咖啡嗎？

7 무슨 요일 ＿＿＿＿＿＿＿＿＿＿ 영어를 배워요 ?
星期幾學英文？

8 몇 시 ＿＿＿＿＿＿＿＿＿＿ 가요 ?
幾點走？

9 몇 월 ＿＿＿＿＿＿＿＿＿＿ 유학을 가요 ?
幾月去留學？

10 며칠 ＿＿＿＿＿＿＿＿＿＿ 파티를 해요 ?
幾號開派對？

았어요、었어요、했어요
有禮貌的說話語尾－過去式

韓文和英文一樣，有現在式、過去式和未來式。先前我們已經介紹過現在式的套用方法，接下來一起學習過去式。

老師講解

還記得現在式的套用公式是 아요、어요、해요 吧？過去式很簡單，只要把 아요、어요、해요 換成 았어요、었어요、했어요 就可以了。

當然，套用時遇到母音重複時可以省略、有雙母音能結合時可以合併，這是千古不變的！

밥을 먹었어요.	吃了飯。
커피를 마셨어요.	喝了咖啡。

把 요 去掉，一樣就會變成半語囉。

밥을 먹었어？	吃飯了？
커피를 마셨어.	喝了咖啡。

實際運用

(1) 았어요

動詞或形容詞單字去掉 다，看 다 前字的母音。當母音為 ㅏ 或 ㅗ 時，現在式加上 아요，過去式換成 았어요。

▶ **알다** 知道	알＋아요	⇨	알아요
	알＋았어요	⇨	알았어요
▶ **좋다** 好	좋＋아요	⇨	좋아요
	좋＋았어요	⇨	좋았어요

☆ 母音是 ㅏ 的單字加上 아요 時，因為 ㅏ 重複，可以省略。過去式一樣可省略。

▶ **가다** 去　　　　가＋아요　　　⇨　　가요

　　　　　　　　　　가＋았어요　　　⇨　　갔어요

▶ **만나다** 見面　　만나＋아요　　　⇨　　만나요

　　　　　　　　　　만나＋았어요　　　⇨　　만났어요

☆ 母音是 ㅗ 的單字加上 아요 時，ㅗ 和 ㅏ 可以合併成母音 ㅘ。過去式一樣可合併。

▶ **오다** 來　　　　오＋아요　　　⇨　　와요

　　　　　　　　　　오＋았어요　　　⇨　　왔어요

▶ **보다** 看　　　　보＋아요　　　⇨　　봐요

　　　　　　　　　　보＋았어요　　　⇨　　봤어요

(2) 었어요

動詞或形容詞單字去掉 다，看 다 前字的母音。當母音不是 ㅏ 或 ㅗ 時，現在式加上 어요，過去式換成 었어요。

▶ **먹다** 吃　　　　먹＋어요　　　⇨　　먹어요

　　　　　　　　　　먹＋었어요　　　⇨　　먹었어요

▶ **읽다** 讀　　　　읽＋어요　　　⇨　　읽어요

　　　　　　　　　　읽＋었어요　　　⇨　　읽었어요

☆ 母音是 ㅓ 的單字加上 어요 時，因為 ㅓ 重複，可以省略。過去式一樣可省略。

▶ **서다** 站　　　　서＋어요　　　⇨　　서요

　　　　　　　　　　서＋었어요　　　⇨　　섰어요

☆ 母音是 ㅜ 的單字加上 어요 時，ㅜ 和 ㅓ 可以合併成母音 ㅝ。過去式一樣可合併。

▶ **배우다** 學習　　　배우＋어요　　　⇨　　배워요

　　　　　　　　　배우＋었어요　　　⇨　　배웠어요

▶ **나누다** 分享　　　나누＋어요　　　⇨　　나눠요

　　　　　　　　　나누＋었어요　　　⇨　　나눴어요

☆ 母音是 ㅣ 的單字加上 어요 時，ㅣ 和 ㅓ 可以合併成母音 ㅕ。過去式一樣可合併。

▶ **마시다** 喝　　　마시＋어요　　　⇨　　마셔요

　　　　　　　　　마시＋었어요　　　⇨　　마셨어요

▶ **기다리다** 等　　기다리＋어요　　⇨　　기다려요

　　　　　　　　　기다리＋었어요　　⇨　　기다렸어요

☆ 쉬다 休息：쉬＋어요（ㅟ、어 無法合併）→ 쉬어요 → 쉬었어요

(3) 해요

看到 하다 結尾的單字，現在式把 하다 改成 해요，過去式換成 했어요。

▶ **사랑하다** 愛　　하다 換成 해요　⇨　사랑해요　⇨　사랑했어요

▶ **좋아하다** 喜歡　하다 換成 해요　⇨　좋아해요　⇨　좋아했어요

文法 Point

不規則變化單字一樣由現在式去替換，詳細可參閱 Lesson 21~25。

ㄷ 不規則	듣다 聽	➡ 들어요	➡ 들었어요	걷다 走	➡ 걸어요	➡ 걸었어요
ㅂ 不規則	덥다 熱	➡ 더워요	➡ 더웠어요	춥다 冷	➡ 추워요	➡ 추웠어요
ㄹ 不規則	빠르다 快	➡ 빨라요	➡ 빨랐어요	모르다 不知道	➡ 몰라요	➡ 몰랐어요
ㅡ 不規則	고프다 餓	➡ 고파요	➡ 고팠어요	예쁘다 漂亮	➡ 예뻐요	➡ 예뻤어요

1 어제 친구하고 같이 영화를 _____. (보다)
昨天和朋友一起看了電影。

2 책을 다 _____? (읽다)
書都讀完了嗎?

3 지난 토요일에 신촌에서 불고기를 _____. (먹다)
上週六在新村吃了烤肉。

4 엄마한테 _____? (얘기하다)
向媽媽說了嗎?

5 아까 명동에서 화장품을 많이 _____. (사다)
剛剛在明洞買了好多化妝品。

6 오전에 이화여자대학교에서 사진을 _____. (찍다)
上午在梨花女子大學拍了照。

7 그저께 한강공원에서 자전거를 _____. (타다)
前天在漢江公園騎腳踏車。

8 집에서 뭐 _____? (하다)
在家做什麼了?

9 안녕히 _____? (주무시다)
您睡得好嗎?

10 잘 _____? (자다)
睡得好嗎?

Lesson 8

- (으) ㄹ 거예요
有禮貌的說話語尾— 未來式

現在式（아요 / 어요 / 해요）和過去式（았어요 / 었어요 / 했어요）
的實際運用極為相似，但接下來要介紹的未來式，套用方式是不
同的，請大家多注意！

老師講解

　　未來式，顧名思義就是在將來的時間點要做的動作、會做的事情，因此這
一課會把重心放在動詞上面。形容詞當然也能套用這個公式，但此時我們會認
為它帶有「推測」的意味。

　　此文法最原始的句子是–（으）ㄹ 것이에요，省略過後變成–（으）ㄹ 거예요，
一般多用此簡化型。替換時，先把動詞基本原型的 다 去掉，然後看 다 之前的
字是否有尾音，再決定是要加上 ㄹ 거예요 還是 을 거예요。

토요일에 영화를 볼 거예요.	**週六要看電影。**
주말에 책을 읽을 거예요.	**週末要讀書。**

　　韓文對未來式並不會很強硬規定，只要不是太遙遠的將來，用現在式表現
也無妨。

내일 뭐 해요？	**明天要做什麼？**
주말에 뭐 해요？	**週末要做什麼？**

　　半語不是去掉 요 變成 –（으）ㄹ 거예，而是 –（으）ㄹ 거야，跟之前的方式不
太一樣。

같이 갈 거야.	**要一起去。**
가방을 살 거야？	**要買包包嗎？**

(1) 動詞有尾音，加 – 을 거예요

▶ **먹다** 吃　　　⇨　먹을 거예요

▶ **읽다** 讀　　　⇨　읽을 거예요

(2) 動詞沒有尾音，加 – ㄹ 거예요

▶ **가다** 去　　　⇨　갈 거예요

▶ **마시다** 喝　　⇨　마실 거예요

(3) ㄹ 不規則變化，尾音是 ㄹ ，加 – 거예요（☆ 參閱 Lesson 25）

▶ **살다** 住　　　⇨　살 거예요

▶ **만들다** 製作　⇨　만들 거예요

(4) ㄷ 不規則變化（☆ 參閱 Lesson 21）

▶ **듣다** 聽　　　⇨　들을 거예요

▶ **걷다** 走路　　⇨　걸을 거예요

(5) ㅂ 不規則變化（☆ 參閱 Lesson 22）

▶ **굽다** 烤　　　⇨　구울 거예요

▶ **눕다** 躺　　　⇨　누울 거예요

1 여름 방학에 _____ ? (뭐 하다)
暑假要做什麼？

2 주말에 친구하고 같이 사인회에 _____. (가다)
週末要和朋友一起去簽名會。

3 오늘 맛있는 삼계탕을 _____. (먹다)
今天要吃好吃的蔘雞湯。

4 이번에 반포대교에 가서 음악분수 쇼를 _____. (보다)
這次要去盤浦大橋看音樂噴泉秀。

5 오늘 밤 몇 시에 _____ ? (자다)
今天晚上要幾點睡覺？

6 저는 아이돌 오빠하고 _____ ! (결혼하다)
我要和偶像哥哥結婚！

7 내일 요리시간에 미역국을 _____. (만들다)
明天料理時間要煮海帶湯。

8 앞으로 매일 K 팝을 _____. (듣다)
以後每天要聽 K-POP。

9 저녁에 남자 친구를 _____ ? (만나다)
晚上見男朋友嗎？

10 경복궁에서 한복을 입고 사진을 _____. (찍다)
要在景福宮穿韓服拍照。

Lesson 9

ㅂ니다 / 습니다、ㅂ니까 ? / 습니까 ?
最有禮貌的說話語尾

미안해요 更正式一點可以說 미안합니다,那要怎麼變呢?接下來
為大家介紹比非格式體更加正式的「格式體」!

老師講解

　　「格式體」是正式、不可以亂說話,需要很有禮貌的意思。用在會議時間、發表簡報、上司下屬對話、剛認識不熟…等場合,這些時候,大家說話也會較客氣及委婉吧。中文主要以語氣呈現,而韓文則是使用比非格式體的 요 更加正式的格式體敬語(ㅂ니다 / 습니다、ㅂ니까 ? / 습니까 ?),以表敬意。格式體和非格式體一樣,可分為現在式、過去式及未來式。

現在式	過去式	未來式
한국에 갑니다 . 去韓國。	한국에 갔습니다 . 去了韓國。	한국에 갈 겁니다 . 要去韓國。
한국에 갑니까 ? 去韓國嗎?	한국에 갔습니까 ? 去了韓國嗎?	한국에 갈 겁니까 ? 要去韓國嗎?
밥을 먹습니다 . 吃飯。	밥을 먹었습니다 . 吃了飯。	밥을 먹을 겁니다 . 要吃飯。
밥을 먹습니까 ? 吃飯嗎?	밥을 먹었습니까 ? 吃飯了嗎?	밥을 먹을 겁니까 ? 要吃飯嗎?

實際運用

(1) 現在式

　　原型動詞或形容詞去掉 다,看 다 前字是否有尾音,沒有尾音加 ㅂ니

다，有則加 습니다。疑問時要說「ㅂ니까？/ 습니까？」。

▶ **보다** 看 ⇨ 봅니다 ⇨ 봅니까？

▶ **예쁘다** 漂亮 ⇨ 예쁩니다 ⇨ 예쁩니까？

▶ **먹다** 吃 ⇨ 먹습니다 ⇨ 먹습니까？

▶ **좋다** 好 ⇨ 좋습니다 ⇨ 좋습니까？

＊ **살다** 生活 ⇨ 삽니다 ⇨ 삽니까？（☆ 參閱 Lesson 25）

＊ **달다** 甜 ⇨ 답니다 ⇨ 답니까？

(2) 過去式

把原型動詞或形容詞換成「았어요 / 었어요 / 했어요」的型態，去掉 어요 後加上 습니다 即可。疑問時要說「습니까？」。

▶ **나가다** 出去 ⇨ 나갔어요 ⇨ 나갔습니다 / 나갔습니까？

▶ **맵다** 辣 ⇨ 매웠어요 ⇨ 매웠습니다 / 매웠습니까？

▶ **읽다** 讀 ⇨ 읽었어요 ⇨ 읽었습니다 / 읽었습니까？

▶ **만들다** 製作 ⇨ 만들었어요 ⇨ 만들었습니다 / 만들었습니까？

▶ **쇼핑하다** 逛街 ⇨ 쇼핑했어요 ⇨ 쇼핑했습니다 / 쇼핑했습니까？

(3) 未來式

把原型動詞換成「- (으) ㄹ 거예요」的型態，把 거예요 換成 겁니다。疑問時要說「겁니까？」。

▶ **배우다** 學習 ⇨ 배울 거예요 ⇨ 배울 겁니다 / 배울 겁니까？

▶ **읽다** 讀 ⇨ 읽을 거예요 ⇨ 읽을 겁니다 / 읽을 겁니까？

＊ **놀다** 玩 ⇨ 놀 거예요 ⇨ 놀 겁니다 / 놀 겁니까？
　　　　　　　（☆ 參閱 Lesson 25）

＊ **굽다** 烤 ⇨ 구울 거예요 ⇨ 구울 겁니다 / 구울 겁니까？
　　　　　　　（☆ 參閱 Lesson 22）

＊ **듣다** 聽 ⇨ 들을 거예요 ⇨ 들을 겁니다 / 들을 겁니까？
　　　　　　　（☆ 參閱 Lesson 21）

☆ 其實更仔細能用 -(으)ㄹ 것입니다、-(으)ㄹ 것입니까？來表現，如：갈 것입니다、먹을 것입니다、사랑할 것입니까？，不過一般多用簡化後的方式表達。

1 아이돌 중에 누구를 _____? (좋아하다)
偶像團體中，你喜歡誰？

2 한국 사람들은 초복에 삼계탕을 _____. (먹다)
韓國人在初伏那天吃蔘雞湯。

3 어제 소맥을 _____? (마시다)
昨天喝了燒啤嗎？（燒酒＋啤酒）

4 내년에 남자 친구하고 _____. (결혼하다)
明年和男友結婚。

5 K 팝을 좋아해요 . 그래서 매일 한국 노래만_____. (듣다)
我喜歡 K-POP。所以每天只聽韓文歌。

6 내일 _____? (뭐 하다)
明天要做什麼？

7 어제 신촌에서 맛있는 불고기를 많이_____. (먹다)
昨天在新村吃了很多好吃的烤肉。

8 남산 야경이 정말 _____. (아름답다)
南山夜景真的很漂亮。

9 다음 달에 한국 드라마 촬영지에 _____. (놀러 가다)
下個月要去韓劇拍攝地玩。

10 지난 주에 공항에서 연예인을_____. (보다)
上週在機場看到藝人。

안
否定，不～、沒～

> 目前學到的似乎都是正向用法，如：漂亮、好、吃飯、看電影…等，那麼如果想當個叛逆的孩子，大人說什麼都說不要，像是：不漂亮、不好、不吃、不看，韓文要怎麼表示呢？

老師講解

　　韓文要表示否定，如：不做此動作、沒做此動作、不是此狀態等，有兩種方式，分別為長版否定跟短版否定。本課主要介紹的短版否定，只要在動詞或形容詞前加上 안 即可。

안 예뻐요. **不漂亮。**　　　　안 좋아요. **不好。**

안 먹어요. **不吃。**　　　　　안 봐요. 　**不看。**

長版否定則是 – 지 않다。

예쁘지 않아요. **不漂亮。**　　　좋지 않아요. **不好。**

먹지 않아요. 　**不吃。**　　　　보지 않아요. **不看。**

　　長版否定聽起來較為委婉客氣，短版則是簡單明瞭，因此較常使用短版否定。

（✿ 參閱 Lesson 36）

實際運用

　　在動詞或是形容詞前面加上 안。

(1) 가다　去 ⇨ 안 가다

안 가요.

안 갔어요.

안 갈 거예요.

(2) 먹다　吃　⇨　안 먹다

　　안 먹어요.
　　안 먹었어요.

(3) 예쁘다　漂亮　⇨　안 예쁘다

　　안 예뻐요.
　　안 예뻤어요.

(4) 춥다　冷　⇨　안 춥다

　　안 추워요.
　　안 추웠어요.

補充

有些單字有專屬否定詞。

있다 **有** ↔ 없다 **沒有**	알다 **知道** ↔ 모르다 **不知道**
시간이 있어요. **有時間。**	이유를 알아요. **知道理由。**
돈이 없어요. **沒有錢。**	답을 몰라요. **不知道答案。**

文法 Point

※ 要小心 名詞＋하다 型的單字，因為 하다 才是真正的動詞，所以 안 必須加在 하다 前面。

　　공부하다　⇨　공부를 안 하다　⇨　공부를 안 해요.
　　청소하다　⇨　청소를 안 하다　⇨　청소를 안 해요.

※ 但若是像 좋아하다 喜歡、따뜻하다 溫暖，本來就是 OO 하다 的樣子，而不是由名詞＋하다 所組合出來的話，否定要放在整個單字的前面。

　　안 좋아해요. **不喜歡**　　　안 따뜻해요. **不溫暖。**

1 가 : 청소했어요 ? 打掃了嗎 ?

　　나 : 아니요 , _____ . 너무 바빴어요 . 不，沒打掃。太忙了。

2 가 : 어제 친구랑 노래방에 갔어요 ? 昨天和朋友去了 KTV 嗎 ?

　　나 : 아니요 , _____ . 술집으로 갔어요 . 不，沒去。去了酒館。

3 가 : 백화점에서 옷을 사요 ? 你在百貨公司買衣服嗎 ?

　　나 : 아니요 , _____ . 너무 비싸요 .
　　不，不買。太貴了。

4 요즘 사람들은 편지를 _____ . 이메일을 보내요 . (쓰다)
　　最近人們不寫信。寄 E-MAIL。

5 가 : 저는 김치를 좋아해요 . 나나 씨도 김치를 좋아해요 ?
　　我喜歡泡菜。娜娜你也喜歡泡菜嗎 ?

　　나 : 아니요 , _____ . 나한테 너무 매워요 .
　　不，不喜歡。對我來說太辣了。

6 오늘은 일요일이에요 . _____ . (일하다)
　　今天是星期日。不工作。

7 대만 사람들은 차를 좋아해요 . 그렇지만 한국 사람들은 차를 많이
　　_____ . (마시다)
　　台灣人喜歡喝茶。但是韓國人不太喝。

8 가 : 영화가 재미있었어요 ? 電影有趣嗎 ?

　　나 : 아니요 , _____ . 영화관에서 잤어요 .
　　不，不有趣。我在電影院睡著了。

9 빨간색이 _____ . 다른 색을 골라요 .
　　紅色不漂亮。挑別的顏色吧。

10 가 : 날씨가 따뜻해요 ? 天氣溫暖嗎 ?

　　나 : 아니요 , _____ . 좀 추워요 . 不，不溫暖。有點冷。

Lesson 11

못
否定，無法〜、不能〜

「我不去」和「我無法去」、「我不吃」和「我不能吃」，雖然都是否定動作，但意思上是不一樣的吧！韓文也和中文一樣，不同情形的否定，要選擇不一樣的否定詞。

老師講解

　　上一單元的 안，是指不做、沒有做某動作；而這課的 못 是「因為某種理由，無法進行動作，或是沒有能力進行某動作」的意思。假設被問到 먹을래요？（要吃嗎？），如果是因為不喜歡，或是吃飽了不想吃，說話者選擇不做「吃」這個動作時，會回答「안 먹어요.」。但若是因為拉肚子了、牙齒痛，想吃但不能吃的時候，比起「안 먹어요.」，用「못 먹어요.」來回答會更為貼切。

못 나가요.	無法、不能出去。（或許因為下雨、媽媽不准、腳受傷…等）
김치를 못 먹어요.	無法吃泡菜。（雖然想吃，可能因為辣所以吃不了）
기타를 못 쳐요.	不會彈吉他。（沒學過或是學不久，沒有彈吉他的能力）
그림을 못 그려요.	不會畫畫。（畫不好，沒有畫畫的能力）

比較一下：

비가 와요. 그래서 안 나가요.	下雨了，所以不出去。 （說話者自己決定不出去）
비가 와요. 그래서 못 나가요.	下雨了，所以無法出去。 （說話者雖然想出去，但沒辦法）

☆ 兩個句子都是對的，端看說話者當下想要表示的意思是哪一種。

只要將 못 放在動詞前面即可。

▶ **가다** 去　　　　　⟹　못 가다

　　　　　　　　　　⟹　못 가요 .

▶ **먹다** 吃　　　　　⟹　못 먹다

　　　　　　　　　　⟹　못 먹었어요 .

▶ **스키를 타다** 滑雪　⟹　스키를 못 타다

　　　　　　　　　　⟹　스키를 못 타요 .

▶ **테니스를 치다** 打網球　⟹　테니스를 못 치다 .

　　　　　　　　　　　⟹　테니스를 못 쳐요 .

注意

請小心發音

鼻音化	硬音化	激音化
못 나가요 . [몬나가요]	못 가요 . [몯까요]	못 해요 . [모태요]
못 만나요 . [몬만나요]	못 자요 . [몯짜요]	
	못 봐요 . [몯빠요]	
	못 들어요 . [몯뜨러요]	
	못 사요 . [몯싸요]	

文法 Point

注意，名詞＋하다 型的單字，하다 才是真正的動詞，所以和 안 一樣，못 必須加在 하다 前面。

청소하다 打掃 ⟹ 청소를 못 하다 ⟹ 청소를 못 했어요 .

쇼핑하다 逛街 ⟹ 쇼핑을 못 하다 ⟹ 쇼핑을 못 해요 .

1 매운 음식을 좋아해요 . 그렇지만 많이 ＿＿＿＿＿＿＿＿＿ . (먹다)
我喜歡吃辣的食物，但是無法吃太多。

2 돈이 없어요 . 그래서 콘서트를 ＿＿＿＿＿＿＿＿＿ . (보다)
我沒錢，所以無法看演唱會。

3 커피를 마시면 잠이 안 와요 . 그래서 커피를 ＿＿＿＿＿＿＿＿＿ . (마시다)
喝咖啡的話會睡不著，所以我無法喝咖啡。

4 어제 잠을 ＿＿＿＿＿＿＿＿＿ . 그래서 피곤해요 . (자다)
昨天沒睡好，所以好累。

5 길을 잘 몰라요 . 그래서 ＿＿＿＿＿＿＿＿＿ . (운전하다)
我不知道路，所以無法開車。

6 한국어를 잘 못해요 . 한국말로 ＿＿＿＿＿＿＿＿＿ . (대화를 하다)
韓文不好，無法用韓文對話。

7 한국 노래를 좋아해요 . 그렇지만 ＿＿＿＿＿＿＿＿＿ . (부르다)
我喜歡韓文歌，但無法唱。

8 오토바이가 고장났어요 . 그래서 ＿＿＿＿＿＿＿＿＿ . (나가다)
摩托車故障了，所以無法出去。

9 일본어를 안 배웠어요 . 일본어 책을 ＿＿＿＿＿＿＿＿＿ . (읽다)
沒學過日文，無法讀日文書。

10 신발이 너무 작아요 . ＿＿＿＿＿＿＿＿＿ . (신다)
鞋子太小了，無法穿。

Lesson 12

숫자 （한자어）
數字（漢字語）

拍照的時候，常會聽到韓國人喊 하나，둘，셋！（1、2、3），可是買東西說價錢的時候，好像又是說 삼천원（3 千元）。你曾經想過為何數字有不同說法嗎？

老師講解

韓文的數字可以分為兩類，一為漢字語，二為純韓語（固有語），這課先來介紹漢字語。漢字語，顧名思義就是讀起來很像中文，以下介紹數字的讀法。

1	일	11	십일 [시빌]	21	이십일 [이시빌]	90	구십	2 萬	이만
2	이	12	십이 [시비]	22	이십이 [이시비]	100	백	3 萬	삼만
3	삼	13	십삼	23	이십삼	200	이백	5 萬	오만
4	사	14	십사	26	이십육 [이심뉵]	300	삼백	10 萬	십만 [심만]
5	오	15	십오 [시보]	30	삼십	500	오백	20 萬	이십만 [이심만]
6	육	16	십육 [심뉵]	40	사십	1 千	천	1 百萬	백만 [뱅만]
7	칠	17	십칠	50	오십	2 千	이천	2 百萬	이백만 [이뱅만]
8	팔	18	십팔	60	육십	3 千	삼천	1 千萬	천만
9	구	19	십구	70	칠십	5 千	오천	2 千萬	이천만
10	십	20	이십	80	팔십	1 萬	만	0	영 / 공

漢字數字主要用於以下情況：

1. 金額、費用
2. 電話、房號、公車號碼等號碼類
3. 年月日的表現
4. 表示「序列」，如：一樓、第一名、第一題

注意

※ 1 百、1 千、1 萬，韓文只需說 백、천、만，如：三百一十五（삼백십오）、
四千一百（사천백），不把 1 說出來。但 1 之後的數字就正常說，如；
兩百（이백）、三千（삼천）、四萬（사만）。

※ 但 일억（一億）要把 1 說出來。

※ 注意讀數字時會產生的變音及連音，特別是 16、26、36…有「16」的
聲音都要唸成 [심뉵]。

※ 數字間夾帶的 0，無須讀出，如：205（이백오）、1007（천칠）。

(1) 金錢的讀法

515 元：오백십오 원
19900 元：만 구천구백 원
132070 元：십삼만 이천칠십 원

(2) 號碼的讀法

電話號碼：010-4312-6789 공일공（의） 사삼일이의 육칠팔구
房間號碼：302 號房 삼백이 호실
公車號碼：306 號公車 삼백육번 버스、671 號公車 육백칠십일번 버스

☆ 零雖有兩種說法，但電話號碼要用 공。– 橫槓讀成 의 [에]。

☆ 電話號碼有 1 或 2 的讀音不好唸，可以換成純韓語的說法（如 하나、둘），
避免產生誤會。

(3) 年月日的讀法

2018 年 4 月 6 號：이천십팔년 사월 육일

(4) 表示序列的讀法

樓層：일층 1 樓

名次：일등 第一名

題目：일번 第一題

---

1 가：숫자가 뭐예요 ? 數字是什麼 ?

나：1580246 [_____] 이에요 .
是一百五十八萬零兩百四十六。

2 가：전화번호가 몇 번이에요 ? 電話號碼是幾號 ?

나：010-3457-9021 [_____] 이에요 . 是 010-3457-9021。

3 가：몇 호실에 사세요 ? 您住幾號房 ?

나： 415 [_____] 호실이에요 . 是 415 號。

4 가：모두 얼마예요 ? 總共多少錢 ?

나：2090 [_____] 원이에요 . 二千零九十元。

5 가：언제 만나요 ? 何時見面 ?

나：2020 [_____] 년 8 [_____] 월에 만나요 .
2020 年 8 月見。

6 가：학비가 얼마예요 ? 學費是多少錢 ?

나：2280000 [_____] 원이에요 . 是兩百二十八萬元。

7 가：몇 등 했어요 ? 得了第幾名 ?

나：3 [_____] 등 했어요 . 得了第三名。

8 가：몇 번 버스를 탔어요 ? 搭了幾號公車 ?

나：67 [_____] 번 버스를 탔어요 . 搭了 67 號公車。

9 가：키가 몇 센티미터예요 ? 身高幾公分 ?

나：165 [_____] 센티미터예요 .165 公分。

10 가：몇 층에 있어요 ? 在幾樓 ?

나：5 [_____] 층에 있어요 . 在五樓。

Lesson 13

숫자（고유어）＆단위명사
數字（純韓語）＆量詞

漢字語的數字真的和中文很相像吧？接下來將介紹第二種數字－「純韓語（고유어 固有語）」的說法。

老師講解

　　純韓語（고유어 固有語）的數字主要是拿來「數數量」用，所以通常數字後方都會搭配量詞。

　　分別介紹一下數字和量詞。

數字

1	하나	6	여섯	11	열하나	20	스물	70	일흔
2	둘	7	일곱	12	열둘	30	서른	80	여든
3	셋	8	여덟 [여덜]	13	열셋	40	마흔	90	아흔
4	넷	9	아홉	14	열넷	50	쉰	100	백
5	다섯	10	열	15	열다섯	60	예순	1000	천

量詞

개	個	분	位	명	名	잔	杯
장	張（紙張）	마리	隻（數動物）	병	瓶	봉지	袋
갑	盒（菸）	벌	套、件	켤레	雙（襪、鞋）	살	歲
사람	人	그릇	碗	대	台	박스	箱

(1) 數字＋量詞即可

다섯 대 **五台**

열 병 **十瓶**

스물다섯 잔 **二十五杯**

(2) 先說東西，再說數量

커피 한 잔 **一杯咖啡**

(3)「1」不加量詞也可表現數量

커피 하나 주세요. **請給我一杯咖啡。**

☆ 點烤肉吃的時候，「一人份」是說 일 인분，而不是 한 인분，請小心！

文法 Point

※ 請注意 1、2、3、4、20 五個數字，加上量詞後，數字型態有所改變。

　한 분 一位、두 개 兩個、세 마리 三隻、네 장 四張、스무 살 二十歲

※ 雖然中韓文的量詞多半都能對等互換，但還是有不太一樣的地方。

數東西用 개	사탕 한 개	一顆糖
	의자 두 개	兩張椅子
	계란 세 개	三顆蛋
數動物用 마리	강아지 한 마리	一隻狗
	물고기 두 마리	兩條魚
	말 세 마리	三匹馬
數衣服用 벌	원피스 한 벌	一件連身裙
	양복 두 벌	兩套西裝

※ 年紀可用漢字語表現「이십 세 20 歲」，也可用純韓語「스무 살 20 歲」。日常生活
多用純韓語，新聞報導多用漢字語。

1 가 : 커피를 많이 마셔요 ? 你喝很多咖啡嗎 ?

　나 : 네 , 하루에 ＿＿＿＿＿＿＿＿＿＿ 마셔요 . 是的，一天喝兩杯。

2 가 : 집에 강아지가 있어요 ? 家裡有狗嗎 ?

　나 : 네 , ＿＿＿＿＿＿＿＿＿＿ 가 있어요 . 是的，有一隻。

3 가 : 불고기를 먹었어요 ? 吃了烤肉嗎 ?

　나 : 네 , 친구하고 ＿＿＿＿＿＿＿＿＿＿ 을 먹었어요 .
　　是的，和朋友一起吃了三人份。

4 가 : 몇 살이에요 ? 你幾歲 ?

　나 : 올해＿＿＿＿＿＿＿＿＿＿이에요 . 今年 11 歲。

5 가 : 슈퍼에서 많이 샀어요 ? 在超商買了很多東西嗎 ?

　나 : 네 , 요구르트＿＿＿＿＿＿＿＿＿하고 빵 ＿＿＿＿＿＿＿＿＿를 샀어요 .
　　是的，買了十瓶養樂多和五個麵包。

6 가 : 몇 분이에요 ? 請問幾位 ?

　나 : 남자 ＿＿＿＿＿＿＿＿＿하고 여자 ＿＿＿＿＿＿＿＿＿이에요 .
　　모두 ＿＿＿＿＿＿＿＿＿이에요 .

　8 位男生，12 位女生，總共 20 人。

7 비빔밥＿＿＿＿＿＿＿＿＿과 된장찌개 ＿＿＿＿＿＿＿＿＿주세요 .

　請給我三碗拌飯和一個大醬湯。

8 가 : 술을 얼마나 마셨어요 ? 喝了多少酒 ?

　나 : ＿＿＿＿＿＿＿＿＿ 정도 마셨어요 . 喝了大約四瓶。

9 부대찌개 ＿＿＿＿＿＿＿＿＿ 을 안 팔아요 . 部隊鍋不賣一人份。

10 종이 있어요 ? ＿＿＿＿＿＿＿＿＿ 빌려주세요 . 有紙嗎 ? 請借我一張。

Lesson 14

와/과、하고、(이)랑
和、與

「커피 한 잔 주세요. 샌드위치 한 개 주세요.（請給我一杯咖啡。
請給我一個三明治。）」學了數量，一次卻只能說一種東西，不
能一起說嗎？

老師講解

　　韓文和中文一樣，可說「A 與 B、A 和 B、A 跟 B」，差在口語和書面的
不同感覺。不過平常都能使用，沒有硬性規定。只是套用的方法不太一樣。와/
과、(이)랑 要看名詞的最後一個字有沒有尾音，하고 不管有沒有尾音，都可
以直接使用。

커피와 빵을 주세요.	請給我咖啡與麵包。
빵과 커피를 주세요.	請給我麵包與咖啡。
비빔밥하고 김치찌개를 먹어요.	我吃拌飯和泡菜鍋。
김치찌개하고 비빔밥을 먹어요.	我吃泡菜鍋和拌飯。
오빠랑 여동생이 있어요.	我有哥哥跟妹妹。
여동생이랑 오빠가 있어요.	我有妹妹跟哥哥。

☆ 平常要是搞不清楚單字到底有沒有尾音，就通通用 하고 吧！

實際運用

(1) A 와/과 B
　　名詞沒尾音加 와，有尾音加 과。（書面一點）

▶ **우유 + 빵**　　우유와 빵　　牛奶與麵包

　　　　　　　　빵과 우유　　麵包與牛奶

▶ **김치 + 김**　　김치와 김　　泡菜與海苔

　　　　　　　　김과 김치　　海苔與泡菜

(2) A 하고 B

不管是否有尾音。（日常口語）

▶ **우유＋빵**　　우유하고 빵　　牛奶和麵包

　　　　　　　　빵하고 우유　　麵包和牛奶

▶ **김치＋김**　　김치하고 김　　泡菜和海苔

　　　　　　　　김하고 김치　　海苔和泡菜

(3) A（이）랑 B

名詞沒尾音加 랑，有尾音加 이랑。（最口語）

▶ **우유＋빵**　　우유랑 빵　　牛奶跟麵包

　　　　　　　　빵이랑 우유　　麵包跟牛奶

▶ **김치＋김**　　김치랑 김　　泡菜跟海苔

　　　　　　　　김이랑 김치　　海苔跟泡菜

1 가 : 뭘 샀어요 ?
你買了什麼？

나 : 과자＿＿＿＿＿＿＿＿ 주스를 샀어요 .
買了餅乾和果汁。

2 집에 강아지＿＿＿＿＿＿＿＿ (와 / 과) 고양이가 있어요 .
家裡有狗和貓。

3 가 : 동대문시장에서 뭘 살 거예요 ?
要在東大門市場買什麼？

나 : 옷＿＿＿＿＿＿＿＿ (랑 / 이랑) 치마를 살 거예요 .
要買衣服和裙子。

4 어제 비빔밥＿＿＿＿＿＿＿＿ 김치찌개를 먹었어요 .
昨天吃了拌飯和泡菜鍋。

5 이번 방학에 일본＿＿＿＿＿＿＿＿ (와 / 과) 한국에 갈 거예요 .
這次放假要去日本和韓國。

6 김치＿＿＿＿＿＿＿＿ (랑 / 이랑) 치킨이 맛있어요 .
泡菜和炸雞好吃。

7 케이크＿＿＿＿＿＿＿＿ 선물을 준비해요 .
準備蛋糕和禮物。

8 친구＿＿＿＿＿＿＿＿ (와 / 과) 같이 한국어를 배워요 .
和朋友一起學韓文。

9 가족＿＿＿＿＿＿＿＿ (랑 / 이랑) 같이 여행할 거예요 .
要和家人一起旅行。

10 이대＿＿＿＿＿＿＿＿홍대 근처에서 재미있게 놀았어요 .
在梨大和弘大附近玩得很開心。

이다
是 N

學了這麼多，卻還不會說「我是○○○」、「這是水果」、「你是誰？」。這個重要的「是～」該怎麼說呢？

老師講解

　　韓文原型單字「이다」就是中文的「是」，大家不妨以英文 Be 動詞的角度來想會簡單些。「이다」也和前面介紹的動詞、形容詞一樣，有時態變化，可以選擇用格式體或是非格式體表現。「이다」前面一定帶有名詞，如：「是」某某東西、「是」某某人。

저는 김지훈**입니다**.　　　我是金志勳。
이것은 과일**이에요**.　　　這是水果。
너는 누구**야**?　　　　　你是誰？

　　這裡要小心的部分是「이다」一定緊緊黏著名詞不放。寫字時，切記不要在名詞和「이다」之間，留下一條鴻溝。

저는 선생님이에요.（O）
저는 선생님 이에요.（X）
저는 가수예요.（O）
저는 가수 예요.（X）

中文以標點符號斷義，韓文則是利用空一小格（電腦 SPACE 一格）來斷義。空格的規則對韓國人來說都很複雜，身為外國人的我們，更要花心思注意及模仿課本、老師的例句書寫方式。

中文－標點符號

　　下雨天留客，天留我不留。

　　下雨天，留客天，留我不留？

韓文－空格

　　엄마가 회 사 줬어요. 媽媽買了生魚片給我。

　　엄마가 회사 줬어요. 媽媽給了我公司。

實際運用

(1) 非格式體敬語－現在式

　　名詞有尾音加 이에요，沒尾音加 예요。

　　▶ **학생** 學生　　학생이에요.

　　▶ **가수** 歌手　　가수예요.

　　☆ 半語：有尾音加 이야，沒尾音加 야。 ⇨ 학생이야、가수야

(2) 非格式體敬語－過去式

　　名詞有尾音加 이었어요，沒尾音加 였어요。

　　▶ **학생** 學生　　학생이었어요.

　　▶ **가수** 歌手　　가수였어요.

　　☆ 半語：去掉 요 即可。 ⇨ 학생이었어、가수였어

(3) 格式體敬語－現在式

無論是否有尾音，都加 입니다。

▶ **학생** 學生　　학생입니다.

▶ **가수** 歌手　　가수입니다.

(4) 格式體敬語－過去式

名詞有尾音加 이었습니다，沒尾音加 였습니다。

▶ **학생** 學生　　학생이었습니다.

▶ **가수** 歌手　　가수였습니다.

1. 혹시 지훈 씨_____? (ㅂ니까 / 습니까)
   請問是志勳先生嗎？

2. 그 분이 우리 선생님_____. (요)
   那位是我們老師。

3. 오빠가 예전에 경찰_____. (요)
   哥哥以前是警察。

4. 어제 만난 사람이 나나 씨_____. (요)
   昨天見到的人是娜娜小姐。

5. 저 분이 우리 누나_____. (요)
   那位是我姐姐。

6. 이게 잡채_____. (ㅂ니다 / 습니다)
   這是韓式炒冬粉。

7. 왜 혼자_____? (요)
   為什麼獨自一人？

8. 10년 전에 대학생_____. (요)
   十年前是大學生。

9. 여기가 어디_____? (ㅂ니까 / 습니까)
   這裡是哪裡？

10. 오빠는 내 사랑_____. (요)
    哥是我的愛。

이 / 가 아니다
不是N

既然有「是」，一定會有「不是」囉。難道跟之前學的一樣，加上 안 即可嗎？韓文的「不是」有自己的單字，叫做 아니다。

老師講解

　　아니다 既然等於「不是」的意思，前方一定也有一個名詞，來告知「不是什麼東西、不是誰」。而提到了「什麼東西、誰」，就需要提供一個助詞來賦予名詞地位囉，因此句型是「N 이 / 가 아니다」。一樣可選擇格式體或非格式體的表現方式。

된장찌개**가 아니에요.**　　　　　不是大醬湯。

김밥**이 아닙니다.**　　　　　　　不是紫菜飯捲。

實際運用

(1) 非格式體 – 現在、過去式
　　名詞有尾音，加 이 아니다

　　▶ **학생** 學生　　⇨　　학생이 아니다
　　　　　　　　　　　　　　학생이 아니에요.
　　　　　　　　　　　　　　학생이 아니었어요. (아녔어요.)

(2) 非格式體 – 現在、過去式
　　名詞沒有尾音，加 가 아니다

▶ **가수** 歌手　　⇨　　가수가 아니다

가수가 아니에요.

가수가 아니었어요. (아녔어요.)

(3) 格式體 – 現在、過去式

名詞有尾音，加 이 아니다

▶ **학생** 學生　　⇨　　학생이 아니다

학생이 아닙니다.

학생이 아니었습니다. (아녔습니다.)

(4) 格式體 – 現在、過去式

名詞沒有尾音，加 가 아니다

▶ **가수** 歌手　　⇨　　가수가 아니다

가수가 아니에요.

가수가 아니었어요. (아녔어요.)

文法 Point

이 這、그 那、저 那

韓文的「那」分成兩種，一個是離對方（聽者）比較近的 그，一個是離兩者（話者、聽者）都很遠的 저。可延伸出 여기 這裡、거기 那裡、저기 那裡。如果聊的人事物或場所，是之前提過的、彼此都知道的，或是腦海裡想像的，那麼則用 그 那、거기 那裡。

이거는 뭐예요 ?	這是什麼？
그거는 사진이에요 ?	（你那邊）那個是照片嗎？
저거는 시계예요 .	（手遙指前方）那個是時鐘。
이 모자가 얼마예요 ?	這帽子多少錢？
저 사람은 배우예요 .	那人是演員。
여기가 강남이에요 .	這裡是江南。
가 : 명동에서 만나요 ?	在明洞見面嗎？
나 : 네 , 거기에 백화점이 많아요 .	對，那裡有很多百貨公司。

1. 가 : 학생이에요 ? 你是學生嗎 ?

   나 : 아니요 , 학생＿＿＿＿＿ ＿＿＿＿＿＿＿＿＿＿. (요) 선생님이에요 .
   不，不是學生。是老師。

2. 가 : 이게 소고기예요 ? 這是牛肉嗎 ?

   나 : 아니요 , 소고기＿＿＿＿＿ ＿＿＿＿＿＿＿＿＿＿. （ㅂ니다 / 습니다)
   돼지고기입니다 . 不，不是牛肉。是豬肉。

3. 가 : 가수입니까 ? 你是歌手嗎 ?

   나 : 아니요 , 가수＿＿＿＿＿ ＿＿＿＿＿＿＿＿＿＿. (요) 매니저예요 .
   不，不是歌手。是經紀人。

4. 가 : 혹시 지훈 씨입니까 ? 請問你是志勳先生嗎 ?

   나 : 아니요 , 저는 지훈＿＿＿＿＿ ＿＿＿＿＿＿＿＿. (요) 성훈이에요 .
   不，我不是志勳。是成勳。

5. 가 : 외동딸이에요 ? 你是獨生女嗎 ?

   나 : 아니요 , 외동딸＿＿＿＿＿ ＿＿＿＿＿＿＿＿＿. （ㅂ니다 / 습니다)
   언니가 있어요 .
   不，我不是獨生女，我有姐姐。

6. 가 : 범인이 저 남자지요 ? 犯人是那個男的對吧 ?

   나 : 아니요 , 남자＿＿＿＿＿ ＿＿＿＿＿＿＿＿＿. (요) 여자예요 .
   不，不是男的。是女人。

7. 여기가 휴게실이에요 ? 這裡是休息室嗎 ?

   아니요 , 휴게실＿＿＿＿＿ ＿＿＿＿＿＿＿＿＿. (요) 사무실이에요 .
   不，不是休息室，是辦公室。

8. 가 : 이건 만 원이에요 ? 這個是一萬元嗎 ?

   나 : 무슨 소리예요 ? 만 원＿＿＿＿＿ ＿＿＿＿＿＿＿. (요) 10만 원이에요 .
   你在亂說什麼啊 ? 不是一萬元，是十萬元。

9　가 : 여자 친구가 미인이에요 . 女朋友是個美人呢。

　　나 : 에이 ~ 여자 친구＿＿＿＿＿ ＿＿＿＿＿＿＿＿＿＿ . (ㅂ니다 / 습니다)
　　　　 그냥 친구예요 .

　　唉唷～不是女朋友，只是朋友而已。

10　가 : 아들이 너무 멋있어요 . 你兒子好帥喔。

　　나 : 뭐라고요 ? 저 아직 결혼 안 했어요 ! 아들＿＿＿＿＿ ＿＿＿＿＿＿＿＿ . (요)
　　　　 우리 조카예요 .

　　你說什麼？我還沒結婚呢！不是兒子，是姪子。

Lesson 17

- 에 있다
在～地方

到韓國旅遊時，不免需要問路，如：「請問OOO在哪裡？」、「廁所在哪裡？」，都是很重要的生存句子啊！那麼，用韓文要怎麼表現呢？

老師講解

에 是地方助詞，表示所在的位置點。也可將 – 에 있다 想成一個片語的概念，表示「在」的意思。「在」總是會搭配場所，例如：在家、在學校、在電影院等，此時只要將場所加在 – 에 있다 的前面即可。

집에 있어요.	在家。
학교에 있어요.	在學校。
영화관에 있어요.	在電影院。

另外，也能將地點加上方向，使位置更明確。如果不在的話，請將 있어요換成 없어요。

커피숍 앞에 있어요.	在咖啡廳前面。
병원 옆에 있어요.	在醫院旁邊。
사무실 안에 있어요.	在辦公室裡面。
화장실에 없어요.	不在廁所。

✿ 에서 和 에 都是地方助詞，但是意義不同，請小心！參閱 Lesson 5。

(1) 在 – 에 있다 前方擺上場所即可，無須分別有無尾音

식당에 있어요？　　　　　在餐廳嗎？

회사에 있어요.　　　　　在公司。

어디에 있어요？　　　　　在哪裡？

☆　常用地點單字請參閱 Lesson 5、Lesson 18。

(2) 搭配方向

학교 앞에 있어요？　　　　在學校前面嗎？

방 안에 없어요.　　　　　不在房裡。

補充

常用方向

앞	前	왼쪽	左	위	上	안	裡
뒤	後	오른쪽	右	아래	下	밖	外
		옆	旁	밑	底	근처	附近

文法 Point

試著換句話說

什麼東西，在哪裡

화장실이 교실 밖에 있어요.　　　　廁所 在教室外面。

화장실이 어디에 있어요？　　　　廁所 在哪裡？

某個地方，有什麼

교실 밖에 화장실이 있어요.　　　　教室外面 有廁所。

교실 밖에 뭐가 있어요？　　　　教室外面 有什麼？

1 _____ 뭐가 있어요 ? （호텔）
飯店附近有什麼？

2 서울역이_____ ?
首爾站在哪裡？

3 _____ 맥주가 있어요 . （냉장고）
冰箱裡有啤酒。

4 _____ 예쁜 카페가 많아요 . （신사동）
新沙洞附近有很多漂亮的咖啡廳。

5 화장실이_____ ? （몇 층）
請問廁所在幾樓？

6 교통카드가_____ .
交通卡不在包包裡。

7 _____ 편의점이 있어요 ?
這附近有便利商店嗎？

8 지하철역이_____ ?
地鐵站在前面嗎？

9 식당이_____ ? （어느 쪽）
餐廳在哪一邊？

10 _____차가 있어요 . 조심하세요 .
後面有車。請小心。

- 에 가다
去～地方

大家還記得韓綜「爸爸！我們去哪裡？」的韓文是什麼嗎？「去某個地方」的韓文該怎麼說呢？

老師講解

　　가다 大家都熟悉，知道它是「去」的意思，韓劇中也常聽到主角崩潰地大喊「나가！出去！」那麼到底要去哪裡呢？除了把要去的方位、場所說出來之外，也需要助詞 에 的幫忙。

　　에 是地方助詞，可以賦予場所表示「終點」、「目的地」的意義。

학교에 가요.	去學校。
커피숍에 가요.	去咖啡廳。

　　看到 에 前面是 학교 和 커피숍，就能知道是去「學校」、去「咖啡廳」的意思。除了 가다 之外，也可換上其他的移動動詞，告訴對方要如何移動。

대만에 왔어요.	來台灣了。
교실에 들어가요.	進教室。

　　口語中，「어디 가？去哪裡？」可以省略掉 에，因此韓綜「爸爸！我們去哪裡？」的節目名稱即是「아빠！어디 가？」。

(1) 地點、場所、方向加上 - 에 가다

신촌에 가요.	去新村。
홍대에 가요.	去弘大。
영화관 앞에 갔어요.	去了電影院前面。

(2) 가다 可替換成帶有移動性質的動詞，如：「오다 來、나가다 出去、나오다 出來、들어가다 進去、들어오다 進來、올라가다 上去、올라오다 上來、내려가다 下去、내려오다 下來、돌아가다 回去、돌아오다 回來」。

대만에 올 거예요.	會來台灣。
지하 1층에 내려가요.	下去地下一樓。
회의실에 들어가요.	進去會議室。
밖에 나왔어요.	出來外面了。

補充

常用地點

남대문	南大門	광화문	光化門	남산 타워	南山塔
청계천	清溪川	압구정	狎鷗亭	경복궁	景福宮
신사동	新沙洞	동대문	東大門	이대	梨大
북촌	北村	홍대	弘大	인사동	仁寺洞
한강공원	漢江公園	이태원	梨泰院	삼청동	三清洞

1 가 : 리리 씨가 어디에 있어요 ?　莉莉在哪裡？

　　나 : _____ . (교실)　進教室了。

2 가 : 어제 친구하고 어디에 갔어요 ?　昨天和朋友去了哪裡？

　　나 : _____ . (북촌)　去了北村。

3 잠깐 _____ . (3 층)
　　上來三樓一下。

4 가 : 주말에 뭐 할 거예요 ?　週末要做什麼？

　　나 : 친구하고 같이 _____ . (홍대)
　　要和朋友一起去弘大。

5 가 : 어제 한강공원에 갔어요 ? 자전거도 탔어요 ?
　　昨天去漢江公園了嗎？也騎了腳踏車嗎？

　　나 : 아니요 , _____ . 집에서 쉬었어요 .
　　不，沒去漢江公園。在家休息了。

6 언제 _____ ? 배가 고파요 .
　　何時去餐廳？肚子餓了。

7 _____ 가세요 . 차가 거기에 있어요 .　(지하 1 층)
　　請去地下一樓。車在那裡。

8 가 : 왜 _____ ? (동대문)
　　為何不去東大門？

　　나 : 돈이 없어요 . 그래서 안 가요 . 沒錢，所以不去。

9 언제 _____ ? 엄마가 화났어요 .
　　你何時要回家？媽媽生氣了。

10 누가 발표해요 ? _____ .
　　誰要發表？出來前面。

Lesson 19

에서 ~ 까지 / 부터 ~ 까지
한테 / 에게 / 에
한테서 / 에게서 / 에서

從～到（時間／地點），給、向（人／物與地方），從（人／物與地方）

> 「從台北到首爾、從白天到夜晚、從朋友那聽來的」……等。表示「起始點」時，中文都用「從」這個字，表示「終點」則說「到」，難道韓文也一樣嗎？可以用一個單字走天下？

老師講解

韓文在使用「從」這個字時，不像中、英文單純，都用同一個字，必須要區分，說的是地點還是時間，「到」字則不分時地。除此之外，從某人那裡得到、聽到、給對方東西、告知對方等，動作往來都會有個方向。統一整理於下表。

	從	到
地點	에서	까지
時間	부터	까지

	從	給、向（給某人、TO）
人、動物	한테서 / 에게서	한테 / 에게
場所、植物	에서	에

實際運用

(1) 地點：– 에서 – 까지　從～到～

여기에서 명동까지 어떻게 가요？	從這到明洞怎麼走？
대만에서 한국까지 2시간 반쯤 걸려요.	從台灣到韓國約花兩個半小時。
어느 나라에서 왔어요？	從哪個國家來的？
이 버스가 강남까지 가요？	這公車到江南嗎？

(2) 時間：– 부터 – 까지　從～到～

오전 10시부터 오후 3시까지 공부했어요.　　上午十點到下午三點讀書了。
월요일부터 금요일까지 일해요.　　　　　　星期一到星期五工作。
몇 시부터 아침식사가 가능해요？　　　　　幾點開始能吃早餐呢？
언제까지 한국어를 배울 거예요？　　　　　韓文要學到什麼時候為止？

(3) 人、動物：– 한테서 / – 에게서　從某人那裡～（FROM~）

친구한테서 생일 선물을 받았어요.
從朋友那裡收到生日禮物了。

선생님에게서 전화가 왔어요.
老師打電話來了。（從老師那裡來電話）

지훈 씨한테서 얘기 많이 들었어요.
常聽志勳提起你的事情。（從志勳那裡聽了許多事情）

☆ - 한테서 是一般口語，- 에게서 偏書面語。

(4) 人、動物：– 한테 / – 에게　給某人～（TO~）

친구한테 전화해요.　　　　　　　　打給朋友。（給朋友打電話）
아버지에게 인삼을 드렸어요.　　　　給了爸爸人參。
남자 친구한테 케이크를 줬어요.　　　給了男朋友蛋糕。

☆ – 한테 是一般口語，– 에게 偏書面語。

※ – 한테서 / – 에게서 的 서 可以被省略，省略後就和「給某人～（– 한테 / – 에게）」長得一樣。不過透過句子內容，還是可以輕易分辨出是「 TO ～」，還是「FROM ～」。

　　친구한테 선물을 받았어요 . 　從朋友那收到禮物。

　　친구한테 선물을 줬어요 . 　　給了朋友禮物。

※ 當動作往來的對象是長輩，或是需要尊敬的人，那麼不管是「 TO ～」還是「FROM ～」，都用 – 께 (敬語)。此時後方動作也會一同選用更有禮貌的單字，如：주다 給 → 드리다 呈上、獻上。

　　할머니께 선물을 드렸어요 . 　給奶奶禮物。

　　할아버지께 용돈을 받았어요 . 　從爺爺那裡收到零用錢。

(5) 場所、植物：– 에 給～（TO ～）

　　場所、植物：– 에서 從～（FROM ～）

나무에 물을 줘요.	給樹澆水。
학교에 전화할 거예요.	要給學校打電話。
회사에서 상품권을 받았어요.	從公司那裡收到禮券。

1　가 : 교통사고가 났어요 . 發生車禍了。

　　나 : 그럼 , 경찰 ＿＿＿＿＿＿＿＿ 전화해요 .
　　那麼，打電話給警察。

2　가 : 안녕하세요 . 저는 리리예요 . 你好，我是莉莉。

　　나 : 안녕하세요 . 저는 루루예요 . 你好，我是璐璐。

　　　　나나 씨 ＿＿＿＿＿＿＿＿ 얘기 많이 들었어요 . 常聽娜娜提起你。

3　가 : 웬 선물이에요 ?　哪來的禮物呀？

　　나 : 친구 ＿＿＿＿＿＿＿＿ 받았어요 . 어제 제 생일이었어요 .
　　從朋友那收到的。昨天是我的生日。

4　가족 ＿＿＿＿＿＿＿＿ " 사랑해요 " 자주 말해요 ?
　　常向家人說「我愛你」嗎？

5　이건 비밀이에요 . 다른 사람 ＿＿＿＿＿＿＿＿ 얘기하지 마세요 .
　　這是秘密。請不要跟別人說。

6　선생님 ＿＿＿＿＿＿＿＿ 시험 정보를 들었어요 .
　　從老師那裡聽到了考試資訊。

7　여자 친구 ＿＿＿＿＿＿＿＿ 프러포즈를 할 거예요 ?
　　你要向女朋友求婚嗎？

8　긴급상황이에요 . 팀장님 ＿＿＿＿＿＿＿＿ 보고했어요 ?
　　這是緊急狀況。向組長報告了嗎？

9　어린이들 ! 모르는 사람 ＿＿＿＿＿＿＿＿ 사탕을 받아도 될까요 ? 안 될까요 ?
　　小朋友們！從不認識的人那裡，能收下糖果呢？還是不能收下糖果呢？

10　가 : 남동생하고 화해했어요 ?　和弟弟和好了？

　　나 : 네 , 동생이 나 ＿＿＿＿＿＿＿＿ 사과했어요 . 對，弟弟跟我道歉了。

도 / 의 / 만
也、的、只

> 「오빠～사랑해. 나도!（哥哥～我愛你。我也是！）」、「너만 사랑해～（只愛你～）」這些句子大家應該不陌生，不過裡面好像有一些還不太認識的字。這課來介紹一些小螺絲助詞。

老師講解

가 : 저는 대만 사람이에요.　　　　**我是台灣人。**

나 : 저도 대만 사람이에요.　　　　**我也是台灣人。**

오빠의 여자 친구는 저예요.　　　**哥哥的女朋友是我。**

남동생은 고기만 먹어요.　　　　**弟弟只吃肉。**

以上這些句子都帶有不同的助詞，不過它們不像之前的主格、受格助詞一樣，沒有實質意義。

도 也、의 的、만 只，幾乎是一對一中韓翻譯了！接下來逐一介紹。

實際運用

(1)名詞＋도　名詞也～

사과**가** 맛있어요. 딸기**도** 맛있어요.　　**蘋果好吃，草莓也好吃。**

밥**을** 먹어요. 커피**도** 마셔요.　　　　**吃飯，也喝咖啡。**

나나 씨**는** 한국 사람이에요.　　　　**娜娜是韓國人。**

지훈 씨**도** 한국 사람이에요.　　　　**志勳也是韓國人。**

오늘 명동**에** 갈 거예요.　　　　　**今天會去明洞。**

남산 타워**에도** 갈 거예요.　　　　**也會去南山塔。**

보통 도서관**에서** 공부해요. 　　平常在圖書館讀書。

가끔 커피숍**에서도** 공부해요. 　　偶爾也在咖啡廳讀。

☆ 도 不和 이 / 가、은 / 는、을 / 를 一起使用。

(2) 名詞＋만　只、只有名詞

100원**만** 있어요 ? 　　只有一百塊 ?

커피**만** 마셨어요. 　　只喝了咖啡。

여동생**만** 있어요. 　　只有妹妹。

명동**에만** 갔어요. 　　只有去了明洞。

집**에서만** 자요. 　　只在家裡睡覺。

☆ 만 不和 이 / 가、은 / 는、을 / 를 一起使用。

(3) A 의 B　A 的 B

우리 (의) 선생님 　　我們（的）老師。

누구 (의) 핸드폰이에요 ? 　　誰（的）手機 ?

나의 친구 ⇨ 내 친구 　　我的朋友。

저의 생일 ⇨ 제 생일 　　我的生日。（저 是謙虛的我）

너의 비밀 ⇨ 네 비밀 　　你的祕密。（口語中常讀成 [니 비밀]）

注意

※ 의 發音可讀原音 [의] 或 [에]，多半念 [에]。의 在口語中多被省略。

※ 나의 可縮寫成 내。저의 可縮寫成 제、너의 可縮寫成 네。

補充

韓國人的團體意識相當強烈，因此與自己相關的家庭成員、公司、學校、團體、國家，甚至是把對方當成親朋好友時，喜歡用「우리～」來稱呼。

如：우리 나라、우리 엄마、우리 언니、우리 집、우리 회사、우리 지훈～

1. 저는 치킨을 좋아해요 . 그리고 떡볶이 _____ 좋아해요 .
   我喜歡炸雞，也喜歡辣炒年糕。

2. 이건 누구 핸드폰이에요 ? 리리 씨 _____ 핸드폰이에요 .
   這是誰的手機？是莉莉的手機。

3. 한국 친구가 없어요 . 대만 친구 _____ 있어요 .
   我沒有韓國朋友，只有台灣朋友。

4. 어제 명동에 갔어요 . 남산 _____ 갔어요 .
   昨天去了明洞，也去了南山。

5. 한국 음식을 거의 다 먹어요 . 순대 _____ 안 먹어요 .
   韓國食物幾乎都吃，只有血腸不吃。

6. 왜 한국을 좋아해요 ? 한국 _____ 매력이 뭐예요 ?
   為何喜歡韓國？韓國的魅力是什麼？

7. 동대문시장 근처에 쇼핑몰이 있어요 . 지하철 _____ 있어요 .
   아주 편해요 .
   東大門市場附近有購物中心，也有地鐵，非常方便。

8. 아메리카노를 마셔요 ? 아니요 , 저는 라테 _____ 마셔요 .
   你喝美式咖啡嗎？不，我只喝拿鐵。

9. 비빔밥 _____ 칼로리가 낮아요 . 좋은 음식이에요 .
   拌飯的卡路里低，是好的食物。

10. 고기 _____ 먹어요 ? 야채 _____ 좀 먹어요 .
    你只吃肉嗎？也吃點蔬菜。

【不規則變化篇】

　　學到目前為止，都是將單字直接依據文法公式的規定套入即可。但其實共有七種類型的單字在套用時，會因為自身的特殊性，導致套用後，需要再追加做一些改變，我們將此現象稱之為「不規則變化」。而這七種類型的單字，各自有各自不同的「眉角」，若無法精準掌握，會使我們造出不合規定的句子。

　　七大不規則變化分別為：ㄷ 不規則變化、ㅂ 不規則變化、ㅇ 不規則變化、ㄹ 不規則變化、ㄹ 不規則變化、ㅎ 不規則變化、ㅅ 不規則變化。

　　接下來的 Lesson 21 ～ Lesson 25，將依序介紹初級學習者需熟知的 ㄷ 不規則變化、ㅂ 不規則變化、ㅇ 不規則變化、ㄹ 不規則變化、ㄹ 不規則變化。

ㄷ불규칙
ㄷ不規則變化

單字「聽 듣다」，說話的時候要說「들어요」，如：음악을 들어요（聽音樂）、노래를 들어요（聽歌）。究竟 듣다 是怎麼變成 들어요 呢？

老師講解

ㄷ 不規則變化，指的是尾音的 ㄷ，規則是：**尾音 ㄷ 後方碰到 ㅇ 圈圈，ㄷ 要變成 ㄹ**。

以 듣다 為例，原先要加上 어요 變作 듣어요（尾音 ㄷ 碰到圈圈了），再成為 들어요（ㄷ 碰到圈圈變成 ㄹ）。不過屬於這規則的單字並不多，初級階段最常遇到的就是「듣다 聽、걷다 走路、묻다 問」這三個。其餘的都是正常單字，如：닫다 關、받다 收、뜯다 撕、扯，這些單字按照 아요、어요 公式套用即可。

變化方式

(1) 尾音 ㄷ 後方碰到 ㅇ 圈圈，ㄷ 要變成 ㄹ

▶ 듣다 聽：先按照文法公式套進去，再檢查有沒有碰到 ㅇ 圈圈

非格式體現在式	듣어요	⇨	들어요
非格式體過去式	듣었어요	⇨	들었어요
非格式體未來式	듣을 거예요	⇨	들을 거예요
格式體現在式	듣습니다（沒碰到 ㅇ 圈圈，不用動）		
格式體過去式	듣었습니다	⇨	들었습니다
格式體未來式	듣을 겁니다 / 듣을 것입니다	⇨	들을 겁니다 / 들을 것입니다

▶ 걷다 走：先按照文法公式套進去，再檢查有沒有碰到 ㅇ 圈圈

非格式體現在式	걷어요	⇨	걸어요
非格式體過去式	걷었어요	⇨	걸었어요
非格式體未來式	걷을 거예요	⇨	걸을 거예요
格式體現在式	걷습니다（沒碰到 ㅇ 圈圈，不用動）		
格式體過去式	걷었습니다	⇨	걸었습니다
格式體未來式	걷을 겁니다 / 걷을 것입니다	⇨	걸을 겁니다 / 걸을 것입니다

▶ 묻다 問：先按照文法公式套進去，再檢查有沒有碰到 ㅇ 圈圈

非格式體現在式	묻어요	⇨	물어요
非格式體過去式	묻었어요	⇨	물었어요
非格式體未來式	묻을 거예요	⇨	물을 거예요
格式體現在式	묻습니다（沒碰到 ㅇ 圈圈，不用動）		
格式體過去式	묻었습니다	⇨	물었습니다
格式體未來式	묻을 겁니다 / 묻을 것입니다	⇨	물을 겁니다 / 물을 것입니다

> ☆ 묻다 亦有「埋」或「沾、黏」的意思，此時為正常單字，如 묻어요.

(2) 初級階段，除了以上三個，其餘的都是正常單字

닫다 關	닫아요	⇨	닫았어요	⇨	닫을 거예요
받다 收	받아요	⇨	받았어요	⇨	받을 거예요
뜯다 撕、扯	뜯어요	⇨	뜯었어요	⇨	뜯을 거예요

文法 Point

除了時態變化之外，只要文法套用後碰到 ㅇ 圈圈，皆遵循此規則。

例） 듣다＋ –(으) 면　⇨　듣으면　⇨　들으면

걷다＋ –(으) ㄹ까요？ ⇨　걷을까요？ ⇨　걸을까요？

1 가 : K 팝 자주 _____ ? (듣다)
常聽 K-POP 嗎？

나 : 네 , 매일 _____ .
是，每天聽。

2 길을 몰라요 . 지나가는 사람한테 _____ . (묻다)
不知道路，向經過的人詢問。

3 이거 _____ . 생일 선물이에요 . (받다)
你收下這個，是生日禮物。

4 매일 30 분 정도 _____ . 건강에 좋아요 . (걷다)
每天走 30 分鐘左右，對健康好。

5 좀 추워요 . 창문 _____ . (닫다)
有點冷，關窗戶吧。

6 앞으로 오빠들의 노래를 매일 _____ . (듣다)
以後每天要聽哥哥們的歌曲。

7 가 : 숙제 다 했어요 ?
功課都做完了？

나 : 아니요 , CD 만 _____ . (듣다)
沒有，只聽了 CD。

8 오늘 3 시간 _____ . 다리가 너무 아파요 . (걷다)
今天走了三小時，腳好痛。

9 오빠는 거짓말을 안 해요 . 오빠만 _____ . (믿다)
哥，是不說謊的，儘管相信哥。

10 거울을 보세요 . 얼굴에 뭐 _____ ! (묻다)
請看一下鏡子，臉上沾到東西了。

Lesson 22

ㅂ불규칙
ㅂ 不規則變化

> 「너무 귀여워요～（好可愛喔！）」，學了韓文，查字典之後，發現可愛的單字居然是 귀엽다，也差太多了吧！ 這個不規則又是怎麼變化的呢？

老師講解

귀엽다（可愛）、덥다（熱）、춥다（冷）、어렵다（難）、쉽다（簡單）… 等，有非常多單字的尾音都是以 ㅂ 結尾（去掉 다，看最後一個字）。這些單字大約有九成以上屬於 ㅂ 不規則變化。ㅂ 不規則變化的公式有兩大類：

① ㅂ 消失，加上 워요
② ㅂ + ㅡ（으）= 우

① 귀엽다 ⇨ 귀여워요（ㅂ 消失，加上 워요）
② 귀엽다 ⇨ 귀엽으면 ⇨ 귀여우면（ㅂ + ㅡ（으）= 우）

變化方式

(1) 當 ㅂ 結尾的單字，想要用 요 非格式體現在式敬語表現時，必須去掉 ㅂ，再加上 워요。過去式則是加上 웠어요。

▶ **덥다** 熱 ⇨ 더워요 ⇨ 더웠어요

▶ **쉽다** 簡單 ⇨ 쉬워요 ⇨ 쉬웠어요

▶ **눕다** 躺 ⇨ 누워요 ⇨ 누웠어요

※ 돕다 幫忙、곱다 美麗，這兩個單字是特別的，會加上 와요，過去式加上 왔어요。

　　돕다 → 도와요 → 도왔어요　　　　곱다 → 고와요 → 고왔어요

※ 입다 穿、잡다 抓、뽑다 抽、씹다 嚼、좁다 窄…等少數單字是屬於一般公式變化。

　　입어요、잡아요、뽑아요、씹어요、좁아요

☆ NAVER 字典裡都附有單字活用型，不確定單字是否為不規則變化時，可以多加利用。

(2) 套用公式時，常常會遇到 으，此時 ㅂ + –(으) 會換成 우

▶ **눕다** 躺 　+ –(으)ㄹ 거예요　⇨　눕을 거예요　⇨　누울 거예요

▶ **어렵다** 難 　+ –(으)ㄹ까요 ?　⇨　어렵을까요 ?　⇨　어려울까요 ?

▶ **춥다** 冷 　+ –(으)면　　　⇨　춥으면　　　⇨　추우면

☆ 相關文法請參閱 Lesson 8、Lesson 27、Lesson 32。

文法 Point

在 ㅂ 不規則兩大公式影響下，文法類型 ① 的 -(으) 型，皆會遇到 ㅂ + -(으) = 우 的狀況。

而文法類型 ③ 아어해 型，要記得將單字去 ㅂ，加上 워요。請大家多加注意！

1 가 : 강아지가 무서워요 ? 狗狗可怕嗎 ?

　　나 : 아니요 , 아주 ＿＿＿＿＿＿＿＿＿ . （귀엽다）
　　不，非常可愛。

2 가 : 한국어로 대화할 수 있어요 ? 可以用韓文對話嗎 ?

　　나 : 아니요 , 나한테 아직 ＿＿＿＿＿＿＿＿＿ . （어렵다）
　　不，對我來說還是難。

3 가 : 이 한우를 어떻게 요리할 거예요 ? 會怎麼料理這韓牛呢 ?

　　나 : ＿＿＿＿＿＿＿＿＿ . （굽다）要烤。

4 경찰이 도둑을 ＿＿＿＿＿＿＿＿＿ . （잡다）警察抓到小偷了。

5 가 : 이 가방이 어때요 ? 這包包如何 ?

　　나 : 커요 . 하지만 ＿＿＿＿＿＿＿＿＿ . （가볍다）大，但是輕。

6 가 : 대만 날씨가 추워요 ? 台灣天氣冷嗎 ?

　　나 : 아니요 , ＿＿＿＿＿＿＿＿＿ . 좀 ＿＿＿＿＿＿＿＿＿ .
　　不，不冷。有點熱。

7 가 : 지하철역이 저쪽에 있어요 . 地鐵站在那邊。

　　나 : ＿＿＿＿＿＿＿＿＿ . （고맙다）謝謝你。

8 가 : 한국이 멀어요 ? 韓國遠嗎 ?

　　나 : 아니요 , 안 멀어요 . ＿＿＿＿＿＿＿＿＿ . （가깝다）不，不遠。很近

9 가 : 김치하고 떡볶이가 어때요 ? 泡菜和辣炒年糕如何 ?

　　나 : 맛있어요 . 그렇지만 좀 ＿＿＿＿＿＿＿＿＿ . （맵다）好吃，但有點辣。

10 가 : 밖이 왜 그렇게 ＿＿＿＿＿＿＿＿＿ ? （시끄럽다）外面為何那麼吵 ?

　　나 : 콘서트를 해요 . 그래서 ＿＿＿＿＿＿＿＿＿ . 開演唱會，所以吵。

으불규칙
으 不規則變化

예쁘다 變成 예뻐요、아프다 變成 아파요、쓰다 變成 써요。這個不規則變化還真是不規則呀！讓人一眼看不出套用邏輯，趕快來介紹一下。

老師講解

　　예쁘다、바쁘다、아프다、쓰다、크다…看到了嗎？單字去掉 다 之後，最後一個字的尾巴都是一橫，也就是母音 으。這些單字的母音雖非 ㅏ、ㅗ，卻無法直接加上 어요。必須多一個步驟：**先去掉字尾的母音「ㅡ」之後，看前面的母音，再決定要加 아요 還是 어요。**

예쁘다 漂亮　⇨　예쁘　⇨　예쁘＋어요　⇨　예뻐요

變化方式

(1) 去母音「__」之後，看前面母音決定加 아요 還是 어요

▶ **바쁘다** 忙　⇨ 바쁘　⇨ 바쁘＋아요　　　　　⇨ 바빠요
　　　　　　　（去 ㅡ）　（前面母音是 ㅏ，加 아요）

▶ **고프다** 餓　⇨ 고프　⇨ 고프＋아요　　　　　⇨ 고파요
　　　　　　　（去 ㅡ）　（前面母音是 ㅗ，加 아요）

▶ **나쁘다** 壞　⇨ 나쁘　⇨ 나쁘＋아요　　　　　⇨ 나빠요
　　　　　　　（去 ㅡ）　（前面母音是 ㅏ，加 아요）

▶ **기쁘다** 高興　⇨ 기쁘　⇨ 기쁘＋어요　　　　⇨ 기뻐요
　　　　　　　（去 ㅡ）　（前面母音是 ㅣ，加 어요）

▶ **쓰다** 寫   ⇨ 쓰   ⇨ 쓰＋어요   ⇨ 써요

    （去ㅡ） （前面沒得選的，一律加 어요）

▶ **크다** 大   ⇨ ㅋ   ⇨ ㅋ＋어요   ⇨ 커요

    （去ㅡ） （前面沒得選，加 어요）

(2) 過去式則將 아요，어요 換成 았어요，었어요

▶ **나쁘다** 壞   ⇨ 나쁘   ⇨ 나쁘＋았어요   ⇨ 나빴어요

    （去ㅡ） （아요 換成 았어요）

▶ **기쁘다** 高興   ⇨ 기쁘   ⇨ 기쁘＋었어요   ⇨ 기뻤어요

    （去ㅡ） （어요 換成 었어요）

▶ **쓰다** 寫   ⇨ 쓰   ⇨ 쓰＋었어요   ⇨ 썼어요

    （去ㅡ） （어요 換成 었어요）

☆ 으 不規則變化只有在 요 現在式及過去式時，才會發生作用。請特別注意文法類型 ③ 아어해 型。

1 요즘 어때요 ? 많이 ＿＿＿＿＿＿＿＿ ?
最近如何？很忙嗎？

2 저 여자 정말 ＿＿＿＿＿＿＿＿. 누구예요 ?
那個女生真的好漂亮。她是誰？

3 어디가 ＿＿＿＿＿＿＿＿ ? 감기에 걸렸어요 ? (아프다)
哪裡不舒服嗎？感冒了嗎？

4 김선생님 키가 정말 ＿＿＿＿＿＿＿＿. 185 센치예요 . (크다)
金老師的個子真的好高，185 公分。

5 엄마 ! 밥 줘요 . 배가 ＿＿＿＿＿＿＿＿.
媽！給我飯，我好餓。

6 입국심사표를 다 ＿＿＿＿＿＿＿＿ ?
入境審查表都寫完了嗎？

7 오랜만에 친구들을 만나요 . 정말 ＿＿＿＿＿＿＿＿.
好久才見到朋友們。真是開心。

8 이 영화가 너무 ＿＿＿＿＿＿＿＿. 다들 울었어요 . (슬프다)
這部電影太悲傷。大家都哭了。

9 지난 달에 정말 ＿＿＿＿＿＿＿＿. 매일 일했어요 .
上個月真的好忙碌。每天都工作。

10 오늘 날씨가 안 좋아요 . 그래서 제 기분도 ＿＿＿＿＿＿＿＿.
今天天氣不好，所以我的心情也差。

르불규칙
르 不規則變化

上一課介紹了 으 的不規則變化，另外也有幾個長得很像的單字，例如：빠르다、고르다。小心喔，它們是不一樣的。

　　빠르다、고르다、자르다、다르다、모르다、 부르다… 有好多單字都是 르 르르 的。雖然 르 的母音也是 으，但注意喔，這時不能看成 으 不規則，而是「르 不規則」！르 不規則變化比 으 不規則多了一步驟，公式是：**去掉字尾母音「一」，前字補上尾音「ㄹ」，再看前面的母音，決定要加 아요 還是 어요。**

　　빠르다 快　 ⇨　 빨르　 ⇨　 빨ㄹ＋아요　 ⇨　 빨라요

(1) 去掉字尾母音「一」，前字補上尾音「ㄹ」，再看前面的母音，決定要加 아요 還是 어요

　　▶ **빠르다** 快　 ⇨ 빨ㄹ　　 ⇨ 빨ㄹ＋아요　　 ⇨ 빨라요
　　　　　　　　（去一補 ㄹ）　（前面母音是 ㅏ，加 아요）

　　▶ **모르다** 不知道 ⇨ 몰ㄹ　　 ⇨ 몰ㄹ＋아요　　 ⇨ 몰라요
　　　　　　　　　（去一補 ㄹ）　（前面母音是 ㅗ，加 아요）

　　▶ **부르다** 唱　 ⇨ 불ㄹ　　 ⇨ 불ㄹ＋어요　　 ⇨ 불러요
　　　　　　　　（去一補 ㄹ）　（前面母音是 ㅜ，加 어요）

　　▶ **기르다** 飼養 ⇨ 길ㄹ　　 ⇨ 길ㄹ＋어요　　 ⇨ 길러요
　　　　　　　　（去一補 ㄹ）　（前面母音是 ㅣ，加 어요）

(2) 過去式將 아요，어요 換成 았어요，었어요

▶ **빠르다** 快　　⇨ 빨ㄹ　　　⇨ 빨ㄹ＋았어요　　　⇨ 빨랐어요
　　　　　　（去－補ㄹ）　（아요 換成 았어요）

▶ **모르다** 不知道　⇨ 몰ㄹ　　⇨ 몰ㄹ＋았어요　　　⇨ 몰랐어요
　　　　　　（去－補ㄹ）　（아요 換成 았어요）

▶ **부르다** 唱　　⇨ 불ㄹ　　　⇨ 불ㄹ＋었어요　　　⇨ 불렀어요
　　　　　　（去－補ㄹ）　（어요 換成 었어요）

▶ **기르다** 飼養　⇨ 길ㄹ　　　⇨ 길ㄹ＋었어요　　　⇨ 길렀어요
　　　　　　（去－補ㄹ）　（어요 換成 었어요）

☆ 르 不規則變化只有在 요 現在式及過去式時，才會發生作用。請特別注意文法類型
③ 아어해 型。

1. 가 : 송혜교를 알아요 ?　你知道宋慧喬嗎 ?

   나 : 아니요 , _____ . (아요 / 어요)　누구예요 ?
   不知道。她是誰 ?

2. 한국 인터넷 속도가 정말 _____ . (아요 / 어요)
   韓國網路速度真的快。

3. 이따가 파티에서 노래를 _____ . (-(으) ㄹ 거예요)　응원해 주세요 .
   等下要在派對上唱歌，請為我加油。

4. 한국과 대만의 문화는 비슷하지만 _____ . (다르다 + 아요 / 어요)
   韓國和台灣的文化雖然很相似，但不同。

5. 날씨가 너무 더워서 머리를 _____ . (자르다 + 았 / 었어요)
   天氣太熱所以剪頭髮了。

6. 가 : 다 _____ ? (고르다 + 았 / 었어요)　都挑完了嗎 ?

   나 : 네 , 사 주셔서 감사합니다 .
   是的，謝謝你買給我。

7. 어렸을 때 강아지 한 마리를 _____ . (았 / 었어요)
   小時候養了一隻狗。

8. 오늘 반지를 _____ . (고르다 + -(으)ㄹ 거예요)
   今天會去挑戒指。

9. 가 : 이거 한국말로 뭐예요 ?
   這個東西用韓文怎麼說 ?

   나 : 저도 잘 _____ . (아요 / 어요)　사전을 찾아 보세요 .
   我也不清楚，查字典看看吧。

10. 지훈 씨가 노래 정말 잘 _____ . (아요 / 어요)　가수 같아요 .
    志勳真的很會唱歌，像歌手一樣。

Lesson 25

ㄹ 불규칙
ㄹ 不規則變化

> 압니까？（知道嗎？）看《太陽的後裔》時，好像都聽到軍人們這樣說，現在想想，알다 (知道) 的 알아요、압니다，怎麼用格式體說話後，ㄹ 就不見了？一起來看看。

老師講解

　　알다（知道）的 알아요、만들다（製作）的 만들어요、놀다（玩）的 놀아요、멀다（遠）的 멀어요、달다（甜）的 달아요…等，有許多 ㄹ 尾音的單字，在換成 아요어요 的時候沒什麼問題，但碰到格式體敬語、（으）的時候，就會有些許不同。而這些不同來自於：**ㄹ 世界沒有 –（으）的存在，遇到 나쁜 사람要脫落。**

　　팔다 賣 ⇨ 팝니다 ⇨ 팔 거예요 ⇨ 팔려고 해요 ⇨ 파세요

變化方式

ㄹ 世界沒有 –（으）的存在，後方遇到 ㄴ、ㅂ、ㅅ（나쁜 사람）要脫落

(1) –（으）ㄹ 거예요 未來式

▶ **알다** 知道　　알＋을 거예요　　⇨　　알ㄹ 거예요　　⇨　　알 거예요

▶ **팔다** 賣　　　팔＋을 거예요　　⇨　　팔ㄹ 거예요　　⇨　　팔 거예요

> ☆ 單字有尾音要加 을 거예요，ㄹ 世界沒有 –（으）的存在，去掉 으，獨留 ㄹ，與單字的 ㄹ 重複，省略。

(2) ㅂ니다、습니다　格式體敬語

▶ **멀다** 遠　　　멀＋습니다　　　⇨　　머습니다　⇨　멉니다

▶ **달다** 甜　　　달＋습니다　　　⇨　　다습니다　⇨　답니다

> ☆ 單字有尾音加 습니다，ㄹ 後方遇到 ㅅ 要脫落，脫落後剩下 머，當作沒尾音的單字處理，加上 ㅂ니다。

(3) –(으)ㄹ까요？ 一起～好嗎？（☆ 參閱 Lesson 27）

▶ **놀다** 玩　　　놀＋을까요？　　⇨　　놀 ㄹ까요？　⇨　놀까요？

▶ **열다** 開　　　열＋을까요？　　⇨　　열 ㄹ까요？　⇨　열까요？

> ☆ 單字有尾音加 을까요？，ㄹ 世界沒有 –（으）的存在，去掉 으，獨留 ㄹ，與單字的 ㄹ 重複，省略。

(4) –(으)려고 하다 打算～（☆ 參閱 Lesson 35）

▶ **팔다** 賣　　　팔＋으려고 하다　　⇨　　팔려고 하다

▶ **만들다** 製作　만들＋으려고 하다　⇨　　만들려고 하다

> ☆ 單字有尾音加 으려고 하다，ㄹ 世界沒有（으）的存在，去掉 으，沒遇到 ㄴ、ㅂ、ㅅ，不用脫落。

(5) –(으)세요 請～（☆ 參閱 Lesson 29）

▶ **팔다** 賣　　　팔＋으세요　　⇨　　팔세요　⇨　파세요

▶ **열다** 開　　　열＋으세요　　⇨　　열세요　⇨　여세요

> ☆ 單字有尾音加 으세요，ㄹ 世界沒有（으）的存在，去掉 으，ㄹ 後方遇到 ㅅ，脫落。

1 행복하게 ＿＿＿＿＿＿＿＿. (살다＋ -(으) 세요)
請幸福地生活。

2 어제 케이크를 ＿＿＿＿＿＿＿＿? (았 / 었 / 했어요)
昨天做蛋糕了嗎？

3 우리 시장에서 과일을 ＿＿＿＿＿＿＿＿? (-(으) ㄹ까요)
我們在市場賣水果好嗎？

4 내일 친구하고 같이 ＿＿＿＿＿＿＿＿. (-(으) ㄹ 거예요)
明天要和朋友一起玩。

5 집이 ＿＿＿＿＿＿＿＿? (ㅂ / 습니까)
你家遠嗎？

6 수박이 더 ＿＿＿＿＿＿＿＿? (아요 / 어요)
딸기가 더 ＿＿＿＿＿＿＿＿? (아요 / 어요)
西瓜比較甜？還是草莓比較甜？

7 가 : 송중기를 ＿＿＿＿＿＿＿＿? (아요 / 어요)
你知道宋仲基嗎？

나 : 네 , ＿＿＿＿＿＿＿＿. (ㅂ / 습니다)
是的，知道。

8 날씨가 더워요 . 창문을 ＿＿＿＿＿＿＿＿? (열다＋ -(으) ㄹ까요)
天氣好熱。開窗戶好嗎？

9 내일 김치찌개를 ＿＿＿＿＿＿＿＿. (만들다＋ -(으) ㄹ 거예요)
明天要煮泡菜鍋。

10 사장님 , 많이 ＿＿＿＿＿＿＿＿. (-(으) 세요)
老闆，請多賣一點喔！（祝你生意興隆）

【常用文法篇】

經由基礎篇的學習，相信各位同學已了解原型單字該如何換成現在式、過去式、未來式，也懂得如何使用否定、知道說話時可用格式體或非格式體等。

帶著這些基礎，接下來我們要正式邁入韓文文法的世界。小時候，我們自然接觸大量的中文語言資料，大腦會隨著我們的成長，慢慢歸納出一套說話方式。也因為經常聆聽和使用，所以中文彷彿內建般地，讓我們能輕鬆表達。

學習外語時自然也能如法炮製，只是成人們往往沒有足夠時間和機會大量接觸該語言。因此文法的學習，就是在學已歸納好給外語學習者的「說話邏輯」。

大家可以把文法想像成是基本公式，只要把單字套入，就能完成句子。知道的單字越多，套出來的句子自然越多元。透過大量替換練習，也能有意識地建構一套新的語言機制。

韓文公式的套用方法只有三種類型，分別為「－（으）、─、아 / 어 / 해」，它們各自有自己的套用規則，只要理解並遵守即可。接下來的單元將依序介紹。

文法類型 ❶

Lesson 26 ～ 35 將介紹第一種類型：–（으）

看到這樣的文法公式，要看的是「原型單字是否有尾音」。有的話就加上 –（으），沒有的話則不需要。切記，是否有尾音的判斷是去掉 다，看 다 前面的那個字。

▶ **가다**　　去掉 다 ⇨ 가 字沒有尾音

▶ **먹다**　　去掉 다 ⇨ 먹 字有尾音

–（으）類型的公式要特別注意 ㄹ、ㅂ、ㄷ 不規則變化，因為這三個碰到 으 都有不同的化學反應，在套用時一定要特別小心（✿ 參閱 Lesson 21 ～ 25）。

因此 Lesson 26 ～ 35 的「實際運用」區中，除了分成尾音和沒尾音的單字之外，還會將 ㄹ、ㅂ、ㄷ 不規則變化列舉出來，提供大家參考。

-(으)로 가다
往～去

在基礎篇介紹過「학교에 가요.」、「집에 가요.」，去某個地方時，要加地方助詞 에。那麼這一課來說說「往～去」。如果要說大家都往海邊去、往韓國跑，這個「往」該如何表現呢？

老師講解

往某個方向、向某個地方走去，想要表現這個「往」、「向」，我們使用 –(으)로。

학교로 가요.	**往學校走。**
집으로 가요.	**往家裡走。**

因為是表現移動的感覺，所以 가다 可替換成「오다 來、나가다 出去、나오다 出來、올라가다 上去、올라오다 上來、내려가다 下去、내려오다 下來、들어가다 進去、들어오다 進來、돌아가다 回去、돌아오다 回來」。

實際運用

(1) 地方擺前面，沒有尾音，加 로 가다

▶ **뒤** 後	뒤로 가다	⇨	뒤로 가요
▶ **위** 上	위로 가다	⇨	위로 갔어요
▶ **바다** 海	바다로 가다	⇨	바다로 갈 거예요
▶ **회사** 公司	회사로 가다	⇨	회사로 가

(2) 地方擺前面，有尾音，加 으로 가다

▶ **앞** 前　　　앞으로 가다　　　⇨　앞으로 가요

▶ **오른쪽** 右　　오른쪽으로 가다　⇨　오른쪽으로 갔어요

▶ **집** 家　　　집으로 가다　　　⇨　집으로 가요

▶ **식당** 餐廳　식당으로 가다　　⇨　식당으로 갈 거예요

(3) 當尾音是 ㄹ 的時候，加 로 가다（☆ 參閱 Lesson 25）

▶ **교실** 教室　교실로 가다　　　⇨　교실로 가요

▶ **서울** 首爾　서울로 가다　　　⇨　서울로 가요

補充

複習一下方位吧！

앞	前	왼쪽	左	위	上	안	裡
뒤	後	오른쪽	右	아래	下	밖	外
		옆	旁	밑	底	근처	附近

文法 Point

※ 에、-(으)로 比較

　　我猜，有人開始混亂了！「학교에 가요」和「학교로 가요」兩者有什麼不同？

▶ **에**　　　⇨　告訴我們要去的目的地、終點在哪。說明要去的「地點」是哪裡。

▶ **-(으) 로**　⇨　有「往」的意思，移動的感覺。

（假設在路上遇到朋友）

朋友問：어디에 가요？ 去哪？

答：도서관에 가요. 去圖書館。→ 告知要去的地方

（假設有人要報名活動卻找不到路）

路人問：어디로 가요？ 往哪裡走？

答：도서관으로 가요. 往圖書館走。→ 告知該往哪邊移動

問：사무실이 어디에 있어요？辦公室在哪裡？

答：3 층에 있어요. 在三樓。→ 告知辦公室位於三樓

　　3 층으로 가세요. 請去三樓。→ 請上三樓、往三樓走

1 ＿＿＿＿＿＿＿＿＿＿＿＿ 가요？（몇 층）
去幾樓？

2 ＿＿＿＿＿＿＿＿＿＿＿＿ 나와요．（교실 앞）
出來教室前面。

3 ＿＿＿＿＿＿＿＿＿＿＿＿ 들어가요？（어느 쪽）
往哪一邊進去？

4 ＿＿＿＿＿＿＿＿＿＿＿＿ 나가지 마세요．（밖）
請不要出去外面。

5 ＿＿＿＿＿＿＿＿＿＿＿＿ 가세요．（뒤）
請往後走。

6 ＿＿＿＿＿＿＿＿＿＿＿＿ 내려오세요．（지하 1 층）
請下來 B1。

7 언제 ＿＿＿＿＿＿＿＿＿＿ 돌아가요？（한국）
何時回韓國？

8 3 월 15 일에 ＿＿＿＿＿＿＿＿＿ 갈 거예요．（부산）
三月十五號要去釜山。

9 ＿＿＿＿＿＿＿＿＿＿＿＿ 갈까요？（어디）
往哪去好呢？

10 ＿＿＿＿＿＿＿＿＿＿＿＿ 갔어요．（경주）
往慶州去了。

-(으)ㄹ까요?
做～好嗎？、要不要～呢？

當你想約韓國朋友出去玩、一起去喝咖啡、去追星時，該怎麼用
韓文表達呢？「커피를 마셔요. 좋아요？괜찮아요？（喝咖啡，好
嗎？ok 嗎？）」除了這種簡單短句的說法之外，你可以試著套用
–(으)ㄹ까요？這個文法。

老師講解

簡單來說是用來詢問對方的「意見」、「想法」，可以分成兩種情境使用。

① 當我們想向聽者提議一起做某事，問對方覺得如何。中文的意思如：（你
　覺得我們）做某事好嗎？、要不要一起做某事呢？

　　가：커피를 마실까요?　　　　　（我們）喝咖啡好嗎？
　　나：네, 좋아요. 커피를 마셔요.　好啊，喝咖啡。

　　가：여기에 앉을까요?　　　　　（我們）坐這裡好嗎？
　　나：네, 좋아요.　　　　　　　　嗯，好。

② 詢問對方的意見或想法，希望聽者給予自己一些建議。中文的意思如：
　（你覺得我）該如何做呢？、你覺得做某事如何？

　　가：내일 치마를 입을까요? 바지　（你覺得我）明天穿裙子好，還是穿褲子
　　　　를 입을까요?　　　　　　　好？
　　나：치마를 입으세요.　　　　　請穿裙子。

　　가：커피 드릴까요?　　　　　　（你覺得我）給您咖啡好嗎？
　　나：네, 커피 주세요.　　　　　好，請給我咖啡。

因為韓文習慣省略主詞，所以究竟是問「我們」還是「我」，需要看實際對話過程來判斷，這也連帶影響回答時的說法。本課先說明提問時要怎麼使用－(으)ㄹ까요？，回答方式分別放在之後兩課。

實際運用

(1) 動詞沒有尾音，加「ㄹ까요？」

▶ **가다** 走　　　⇨　갈까요？

▶ **마시다** 喝　　⇨　마실까요？

▶ **청소하다** 打掃　⇨　청소할까요？

(2) 動詞有尾音，加「－을까요？」

▶ **먹다** 吃　　　⇨　먹을까요？

▶ **읽다** 讀　　　⇨　읽을까요？

(3) ㄷ 不規則

▶ **듣다** 聽　　　⇨　들을까요？

▶ **걷다** 走　　　⇨　걸을까요？

(4) ㅂ 不規則

▶ **눕다** 躺　　　⇨　누울까요？

▶ **돕다** 幫忙　　⇨　도울까요？

(5) ㄹ 不規則

▶ **만들다** 製作　⇨　만들까요？

▶ **놀다** 玩　　　⇨　놀까요？

1. 주말에 같이 _____ ？ (영화를 보다)
   週末一起看電影好嗎？

2. 가 : 노래하고 싶어요 . 想唱歌。
   나 : 그럼 , 노래방에 _____ ？ (가다)
   那麼，要不要去 KTV 呢？

3. 가 : 뭘 _____? (드리다)
   您需要什麼？
   나 : 커피 한 잔 주세요
   請給我一杯咖啡。

4. 고백하고 싶어요 . 어떻게 _____? (하다)
   想告白，怎麼做才好呢？

5. 심심해요 . _____ ？ (뭐 하다)
   好無聊，做什麼好呢？

6. 12 시예요 . 같이 _____ ？ (점심을 먹다)
   12 點了，要不要一起吃中飯？

7. 시간이 없어요 . _____ ？ (택시를 타다)
   沒時間了，搭計程車好嗎？

8. 백화점에서 세일을 해요 . 같이 _____ ？ (쇼핑하다)
   百貨公司特價，要不要一起逛街？

9. 여자 친구 생일이에요 . 무슨 선물을 _____?
   女朋友生日，買什麼禮物好呢？

10. 가 : 너무 피곤해요 . 好累。
    나 : 그럼 , 좀 _____ ？ (쉬다)
    那麼，休息一下好嗎？

-(으)ㅂ시다
（一起）～吧！

上一課學了如何邀約、提議或詢問他人意見。那麼，當我們自己接受到這樣的提問時，該怎麼回答呢？

老師講解

　　–(으)ㅂ시다 是一種共動形的句子。所謂的共動，就是「共同做～動作」的意思。因此當對方詢問你的意見，尤其是在問「（我們）做～好不好呢？」時，一般的回答會是「好啊，～吧！」，而要表達這個「～吧」，我們可以使用–(으)ㅂ시다 這個文法。

| 같이 갑시다. | 一起走吧！ |
| 같이 먹읍시다. | 一起吃吧！ |

　　這裡要特別注意，–(으)ㅂ시다 語氣很像英文的「Let's ~」，如此激昂的語氣不適合對長輩使用。若要對長輩說「一起～吧！」時，可以使用 –(으)세요（請～）這個文法來表達。

| 선생님, 식당에 같이 가세요. | 老師，請一起去餐廳。 |
| 교수님, 같이 식사하세요. | 教授，請一起用餐。 |

實際運用

(1) 動詞沒有尾音，加 ㅂ시다

▶ **가다** 去　　　　　⇨　갑시다

▶ **노래하다** 唱歌　　⇨　노래합시다

(2) 動詞有尾音，加 읍시다

▶ **먹다** 吃 　　　　⇨ 　먹읍시다

▶ **읽다** 讀 　　　　⇨ 　읽읍시다

(3) ㄷ 不規則

▶ **듣다** 聽 　　　　⇨ 　들읍시다

▶ **걷다** 走路 　　　⇨ 　걸읍시다

(4) ㅂ 不規則

▶ **굽다** 烤 　　　　⇨ 　구웁시다

▶ **눕다** 躺 　　　　⇨ 　누웁시다

(5) ㄹ 不規則

▶ **열다** 打開 　　　⇨ 　엽시다

▶ **놀다** 玩 　　　　⇨ 　놉시다

1 모두 열심히 _____ . (공부하다)
大家努力讀書吧!

2 가 : 맥주를 마실까요？ 喝啤酒好嗎？

나 : 좋아요 , 치킨도 _____ . (먹다)
好啊，也吃炸雞吧!

3 이번에 우리 다 같이 해외로 _____ . (가다)
這次我們全部一起去海外吧!

4 퇴근 후에 _____ . (한잔하다)
下班後，喝一杯吧!

5 가 : 뭘 할까요？ 做什麼好呢？

나 : 영화 _____ . (보다) 看電影吧!

6 조용히 하세요 . 얘기 좀 _____ . (듣다)
請安靜，聽一下說什麼吧!

7 우리 모두 돈을 많이 _____ . (벌다)
我們大家全部都多賺錢吧!

8 가 : 잠깐 만날까요？
要見個面嗎？

나 : 네 , 학교 앞에서 _____ . (만나다)
嗯，學校前見吧!

9 여기 너무 예뻐요 . 사진 한 장 _____ . (찍다)
這裡好漂亮，拍一張照吧!

10 미안해요 . 지금 바빠요 . 나중에 _____ . (얘기하다)
對不起，現在很忙，之後再聊吧!

29

-(으)세요 / -(으)십시오
請～

如果今天有人問你意見：「你覺得該怎麼做呢？」，我們可以禮貌地給予建議：「請你～」，這樣的句子，韓文要怎麼表現呢？

老師講解

要給予對方建議，或是想向對方提出請求時，都可以使用 –(으)세요 這個文法，代表「請對方做某動作」的意思。

쉬세요.	**請休息。**
책을 읽으세요.	**請讀書。**

格式體敬語則是換上 –(으)십시오。

어서 오십시오.	**歡迎光臨。**（原為 어서 오세요）

若是加上 좀（稍微），則是添加了委婉的感覺。

좀 쉬세요.	**請休息一下。**
책을 좀 읽으세요.	**請讀一下書。**

公式套換時，一般直接由是否有尾音來決定，但 먹다、마시다、자다、말하다 有自己的替換單字。

▶ **먹다** 吃	⇨	잡수세요 / 드세요.	請吃。
▶ **마시다** 喝	⇨	드세요.	請喝。
▶ **자다** 睡	⇨	주무세요.	請睡覺休息。
▶ **말하다** 說話	⇨	말씀하세요.	請說。

(1) 動詞沒有尾音，加 – 세요 / – 십시오

▶ **나가다** 出去　　　⇨　나가세요 / 나가십시오

▶ **소개하다** 介紹　　⇨　소개하세요 / 소개하십시오

(2) 動詞有尾音，加 – 으세요 / – 으십시오

▶ **읽다** 讀　　　　⇨　읽으세요 / 읽으십시오

▶ **앉다** 坐　　　　⇨　앉으세요 / 앉으십시오

(3) ㄷ 不規則

▶ **듣다** 聽　　　　⇨　들으세요 / 들으십시오

▶ **걷다** 走路　　　⇨　걸으세요 / 걸으십시오

(4) ㅂ 不規則

▶ **굽다** 烤　　　　⇨　구우세요 / 구우십시오

▶ **눕다** 躺　　　　⇨　누우세요 / 누우십시오

(5) ㄹ 不規則

▶ **열다** 打開　　　⇨　여세요 / 여십시오

▶ **팔다** 賣　　　　⇨　파세요 / 파십시오

1 감기에 걸렸어요 ? 병원에 _____ . (가다)
感冒了？請去醫院吧。

2 잠깐만 _____ . (기다리다)　請稍等一下。

3 여러분 ! 여기 _____ . (보다) 그리고 잘 _____ . (듣다)
各位！請看這裡，並且請仔細地聽。

4 많이 힘들지요 ? 좀 _____ . (쉬다)
很累吧？請休息一下吧。

5 한국 드라마 정말 재미있어요 . 한번 _____ . (보다)
韓劇真的很有趣，請看看吧。

6 치킨 나왔습니다 . 맛있게 _____ . (먹다)
炸雞來囉，請享用。

7 가 : 안녕히 _____ . (가다)　請慢走。
　　나 : 안녕히 계세요 . 請留步。

8 새해 복 많이 _____ . (받다)
新年快樂。（請多接收新年福氣）

9 가 : 내일 회의가 있어요 .
　　明天有會議要開。
　　나 : 회의 자료를 빨리 _____ . (준비하다)
　　請趕快準備會議資料。

10 가 : 내일 설악산에 가요 .
　　明天去爬雪嶽山。
　　나 : 단풍이 아주 예뻐요 . 사진 많이 _____ . (찍다)
　　楓葉很美，請多拍點照片。

-(으) 러 가다
去（做）～

> 「想去（韓國）玩、去（景福宮）拍照、去（經紀公司）看明星……」，中文都是去（某地方）做某事耶，難道韓文也一樣嗎？

老師講解

　　韓文與中文差不多，也有去（某地方）做某件事的說法。韓文會利用–（으）러 가다 這個文法，來說明前往某地的目的、為了什麼事而去。

가 : 왜 백화점에 가요 ?	為什麼去百貨公司？
나 : 쇼핑하러 가요.	去逛街。
가 : 왜 도서관에 가요 ?	為什麼去圖書館？
나 : 책을 읽으러 가요.	去讀書。

　　可將地點一起表現出來，地點在句中的位置可以自由調整。

백화점에 쇼핑하러 가요.	去百貨公司逛街。
쇼핑하러 백화점에 가요.	去百貨公司逛街。
도서관에 책을 읽으러 가요.	去圖書館讀書。
책을 읽으러 도서관에 가요.	去圖書館讀書。

　　除了 가다 之外，也可替換為「오다 來、나가다 出去、나오다 出來、들어가다 進去、들어오다 進來、올라가다 上去、올라오다 上來、내려가다 下去、내려오다 下來、다니다 上（班／學／補習班）」等移動型的動詞。

대만에 놀러 와요.	來台灣玩。
과일을 사러 나가요.	出去買水果。

(1) 動詞沒有尾音，加 러 가다

   ▶ **사다** 買   사러 가다   ⇨   사러 가요

   ▶ **만나다** 見面   만나러 가다   ⇨   만나러 갔어요

(2) 動詞有尾音，加 으러 가다

   ▶ **먹다** 吃   먹으러 가다   ⇨   먹으러 가요

   ▶ **읽다** 讀   읽으러 가다   ⇨   읽으러 갈 거예요

(3) ㄷ 不規則

   ▶ **듣다** 聽   들으러 가다   ⇨   들으러 가요

(4) ㅂ 不規則

   ▶ **돕다** 幫助   도우러 오다   ⇨   도우러 왔어요

(5) ㄹ 不規則

   ▶ **놀다** 玩   놀러 오다   ⇨   놀러 와요

1 가 : 어디에 가요 ? 去哪？

　　나 : 명동에 _____ 가요 . (아르바이트를 하다)
　　去明洞打工。

2 한국에 _____ 왔어요 ? (뭐 하다)
　　來韓國做什麼？

3 가 : 요즘 뭐 배워요 ?
　　最近在學什麼？

　　나 : 한국어를 _____ 학원에 다녀요 .
　　上補習班學韓文。

4 가 : _____ 나갈까요 ?
　　要不要出去看電影？

　　나 : 미안해요 . _____ 도서관에 가야 돼요 . (공부하다)
　　抱歉，我得去圖書館讀書。

5 가 : 어떻게 왔어요 ? 怎麼來了？

　　나 : 선생님을 _____ 왔습니다 . 來見老師的。

6 대만에 한번 _____ 오세요 . 請來台灣玩。

7 아버지들은 매일 _____ 나가요 . (돈을 벌다)
　　爸爸們每天出去賺錢。

8 콘서트를 _____ 한국에 갈 거예요 .
　　會去韓國看演唱會。

9 약을 _____ 약국에 가요 ?
　　去藥局買藥嗎？

10 밥을 _____ 식당에 갈까요 ?
　　要不要去餐廳吃飯？

-(으)ㄴ 후에
～之後

> 聽說韓國人「飯後」喜歡喝咖啡，要怎麼問韓國朋友，這個傳聞是真是假呢？

老師講解

　　후 是後的意思，加上時間助詞 에 成為 후에。若想表達「～之後」，可以直接加上 후에。

10분 후에	**十分鐘後**
12시 후에	**十二點之後**
아침 식사 후에	**早餐之後**

　　若是想要表達「做某個動作之後」，則是採用 –(으)ㄴ 후에，以動作是否有尾音來套用公式。

일어난 후에	**起床之後**
사진을 찍은 후에	**拍照之後**

　　也可搭配基礎篇學習過的 부터（開始）、까지（為止），此時 에 可以省略。

아침에 일어난 후부터 배가 아팠어요.	**早上起床之後開始肚子痛。**
아침 식사 후까지 기다리세요.	**請等到用完早餐為止。**

(1) 動詞沒有尾音，加 ㄴ 후에

   ▶ **끝나다** 結束   ⇨   끝난 후에

   ▶ **나오다** 出來   ⇨   나온 후에

(2) 動詞有尾音，加 은 후에

   ▶ **먹다** 吃   ⇨   먹은 후에

   ▶ **읽다** 讀   ⇨   읽은 후에

(3) ㄷ 不規則

   ▶ **듣다** 聽   ⇨   들은 후에

   ▶ **걷다** 走   ⇨   걸은 후에

(4) ㅂ 不規則

   ▶ **굽다** 烤   ⇨   구운 후에

   ▶ **눕다** 躺   ⇨   누운 후에

(5) ㄹ 不規則

   ▶ **살다** 生活   ⇨   산 후에

   ▶ **놀다** 玩   ⇨   논 후에

(6) 名詞＋후에

   ▶ **1 시간** 一小時   ⇨   한 시간 후에

   ▶ **1 년** 一年   ⇨   일 년 후에

   ▶ **3 시** 三點   ⇨   3 시 후에

   ▶ **점심시간** 午餐時間   ⇨   점심시간 후에

   ▶ **식사** 用餐   ⇨   식사 후에

1. 밥을 _____ 약을 드세요.
   吃完飯後請吃藥。

2. 대학교를 _____ 뭐 할 거예요? (졸업하다)
   大學畢業後要做什麼?

3. 한국 사람들은 대부분 _____ 커피를 마셔요.
   韓國人大部分用餐後喝咖啡。

4. 오늘 보고서를 다 _____ 퇴근하세요. (쓰다)
   今天請把報告書寫完後再下班。

5. 수업이 _____ 뭐 할 거예요? (끝나다)
   課結束後要做什麼?

6. 가: 언제 만날까요?
   什麼時候見面好呢?
   나: _____ 만나요. (퇴근)
   下班後見面吧。

7. _____ 다 같이 식사합시다. (회의하다)
   開完會議後,大家一起用餐吧。

8. 죄송해요. 지금 바빠요. _____ 다시 전화 주세요.
   抱歉,現在在忙,請 30 分鐘後再打給我。

9. 가: 언제 이사 왔어요?
   什麼時候搬來的?
   나: _____ 왔어요. (결혼하다)
   結婚後來的。

10. 한국어를 _____ 뭐 하고 싶어요?
    學韓文之後想做什麼?

Lesson 32

-(으)면
如果～的話

如果見到歐爸的話、如果交到韓國男朋友的話……，對韓國總是有好多幻想，這些假設或是不確定的事該怎麼表現呢？

老師講解

當事情尚未發生、不確定，只是提出假設或前提時，我們能夠使用 –（으）면 來串聯兩個句子。表示「如果…的話（A 句），那會、那就…（B 句）」。其中，假設的部分放在 A 句，B 句則敘述如果假設發生了會怎麼樣。

看 A 句原型單字是否有尾音，來決定連結方式。

비가 오면 집에 가요.　　　　　　　　如果下雨的話，就回家。
선물이 많으면 기분이 좋아요.　　　　如果禮物多的話，心情好。

若假設的事件是「已經發生、結束了的事情」，則用 았/었/했으면。

다 먹었어요 ? 다 먹었으면 집에 가요.　都吃完了嗎？都吃完了的話，回家吧！
일 다 했으면 밥 먹으러 갑시다.　　　事情都做完了話，去吃飯吧！

實際運用

(1) 動詞、形容詞沒有尾音，加 면

▶ **가다** 去　　　⇨　　가면

▶ **아프다** 痛　　⇨　　아프면

117

(2)動詞、形容詞有尾音，加 으면

▶ **먹다** 吃   ⇨   먹으면

▶ **많다** 多   ⇨   많으면

(3) ㄷ 不規則

▶ **듣다** 聽   ⇨   들으면

▶ **걷다** 走   ⇨   걸으면

(4) ㅂ 不規則

▶ **눕다** 躺   ⇨   누우면

▶ **덥다** 熱   ⇨   더우면

(5) ㄹ 不規則

▶ **열다** 開   ⇨   열면

▶ **멀다** 遠   ⇨   멀면

(6)過去式：將動詞、形容詞換成 았어요、었어요、했어요，去掉 어요 加 으면

▶ **받다** 收   받았어요   ⇨   받았으면

▶ **마시다** 喝   마셨어요   ⇨   마셨으면

▶ **춥다** 冷   추웠어요   ⇨   추웠으면

▶ **바쁘다** 忙   바빴어요   ⇨   바빴으면

1 ＿＿＿＿＿＿＿＿＿ 주말에 만날까요 ？ (시간이 있다)
有空的話，週末要不要見個面？

2 내일 날씨가 ＿＿＿＿＿＿＿＿＿ 같이 산책하러 갑시다 . (좋다)
明天天氣好的話，一起去散步吧！

3 돈이 ＿＿＿＿＿＿＿＿＿ 일을 안 할 거예요 .
錢很多的話，就不工作了。

4 스트레스를 ＿＿＿＿＿＿＿＿＿ 어떻게 해요 ？ (받다)
受到壓力的話，會怎麼做？

5 술을 ＿＿＿＿＿＿＿＿＿ 대리운전을 부르세요 .
喝了酒的話，請叫代理駕駛。

6 매운 것을 많이 ＿＿＿＿＿＿＿＿＿ 배가 아파요 .
辣的東西吃太多的話，會肚子痛。

7 앞으로 ＿＿＿＿＿＿＿＿＿ 마트가 있어요 .
往前走的話，有超市。

8 댄스곡을 ＿＿＿＿＿＿＿＿＿ 기분이 좋아져요 .
聽到舞曲的話，心情會變好。

9 날씨가 ＿＿＿＿＿＿＿＿＿ 아이스커피를 마시고 ＿＿＿＿＿＿＿＿＿
따뜻한 커피를 마셔요 .
天氣熱的話喝冰咖啡，冷的話喝熱咖啡。

10 그 친구를 정말 ＿＿＿＿＿＿＿＿＿ 고백하세요 . (좋아하다)
如果真的喜歡那個人的話，請告白吧。

-(으)면 되다 / 안 되다
～就可以了、不可以～

> 「돼요？」、「안 돼요？」這兩句應該常聽到吧？當它們與前一個文法 –(으)면 結合在一起時，居然可以碰出不同的火花......

老師講解

　　前一個文法介紹過 –(으)면 是「假設…、如果…的話」。而 돼요（可以）、안 돼요（不可以），大家應該也不陌生。那麼將兩個組合起來時：

–(으)면 되다　　　　**這樣做的話就可以了。**（表示如何做某事）

–(으)면 안 되다　　　**如果這樣做的話，不可以。**（表示不可以做某事，不被允許）

舉例來說：

가：1등을 하고 싶어요.　　　　　想拿第一名。

나：열심히 공부하면 돼요.　　　　認真讀書就可以了。

가：콜라를 마셔도 돼요？　　　　　可以喝可樂嗎？

나：콜라를 마시면 안 돼요.　　　　不可以喝可樂。

　　通常 –(으)면 되다 用來告訴對方該怎麼做，所以也可用「뭘 하면 돼요？（該怎麼做呢？）」來提出問題、徵求指導。而 –(으)면 안 되다 一般在尋求同意的問題上使用。當對方問「아 / 어 / 해도 돼요？（可以這麼做嗎？）」，可以的話回答「아 / 어 / 해도 돼요」；不可以的話則是「–(으)면 안 돼요」。

> ☆ 아 / 어 / 해도 되다 文法請參閱 Lesson 49。

(1) 動詞沒有尾音，加 면 되다 / 안 되다

▶ **마시다** 喝 　　　마시면 되다 / 안 되다 　⇨　 마시면 돼요 / 안 돼요

▶ **전화하다** 打電話 　전화하면 되다 / 안 되다 　⇨　 전화하면 됩니다 /
　　　　　　　　　　　　　　　　　　　　　　　　안 됩니다

(2) 動詞有尾音，加 으면 되다 / 안 되다

▶ **먹다** 吃 　　　먹으면 되다 / 안 되다 　⇨　 먹으면 돼요 / 안 돼요

▶ **찍다** 拍 　　　찍으면 되다 / 안 되다 　⇨　 찍으면 됩니다 /
　　　　　　　　　　　　　　　　　　　　　　　　안 됩니다

(3) ㄷ 不規則

▶ **듣다** 聽 　　　들으면 되다 / 안 되다 　⇨　 들으면 돼요 / 안 돼요

(4) ㅂ 不規則

▶ **눕다** 躺 　　　누우면 되다 / 안 되다 　⇨　 누우면 돼요 / 안 돼요

(5) ㄹ 不規則

▶ **놀다** 玩 　　　놀면 되다 / 안 되다 　⇨　 놀면 됩니다 /
　　　　　　　　　　　　　　　　　　　　　　　　안 됩니다

☆ 되다＋어요 → 되어요 可合併 → 돼요

1　박물관에서 사진을 ＿＿＿＿＿＿＿＿ .
　　在博物館裡不可以拍照。

2　실내에서 담배를 ＿＿＿＿＿＿＿ . (피우다)　在室內不可以抽菸。

3　가 : 어떻게 가야 돼요 ?　該怎麼去呢？

　　나 : 뒤로 쭉 ＿＿＿＿＿＿＿ .　往後一直走就可以了。

4　지금 안 하고 싶어요 . 나중에 ＿＿＿＿＿＿＿ ?
　　現在不想做，以後做不行嗎？

5　하루에 커피를 3 잔 이상 ＿＿＿＿＿＿＿ .
　　一天不行喝三杯以上的咖啡。

6　가 : 어디에서 기다려요 ?　在哪裡等？

　　나 : 여기서 ＿＿＿＿＿＿＿ . (기다리다)
　　在這裡等就可以了。

7　가 : 다이어트를 하고 싶어요 . 뭘 ＿＿＿＿＿＿＿ ?
　　想減肥，該怎麼做呢？
　　나 : 매일 조금만 먹고 열심히 ＿＿＿＿＿＿＿ .
　　每天只吃一點，並且認真運動即可。

8　가 : 드라마 먼저 보고 ＿＿＿＿＿＿＿ ? (숙제하다)
　　先看電視劇再寫作業不行嗎？
　　나 : 안 돼 ! 숙제하고 드라마 봐 .
　　不行！寫完作業再看劇。

9　내일 회의가 아주 중요해요 . ＿＿＿＿＿＿＿ . (늦다)
　　明天會議非常重要，不可以遲到。

10　가 : 부자가 되고 싶어…　好想成為有錢人……。
　　나 : 돈을 열심히 ＿＿＿＿＿＿＿ . (벌다)　認真賺錢即可。

Lesson 34

- (으)로
用、當作

韓國人多半用筷子夾菜、用湯匙吃飯、不用手拿碗、用生菜包肉吃，這麼多的「用」字，韓文該怎麼說呢？

老師講解

– (으) 로 有兩大意思：

一、是在基礎篇介紹過的 – (으) 로 가다，此時的 – (으) 로 是代表「往～方向 / 地方」的意思。

앞으로 가요.	往前走。
바다로 가요.	往海邊走。

二、是這一課要介紹的「方法、手段」，中文多翻譯成「用～、當作～」。

숟가락으로 밥을 먹어요.	用湯匙吃飯。
밥그릇을 손으로 들지 않아요.	飯碗不用手拿。
선물로 줬어요.	當作禮物給了。

☆ 公式套用以單字的最後一個字是否有尾音來判斷，但要注意尾音是 ㄹ 的單字。
尾音為 ㄹ 的單字直接加上 로 即可。

(1) 名詞沒有尾音，加 로

▶ **한국어** 韓文　　　⇨　한국어로

▶ **종이** 紙　　　⇨　종이로

(2) 名詞有尾音，加 으로

▶ **손** 手　　　⇨　손으로

▶ **젓가락** 筷子　　　⇨　젓가락으로

(3) 當尾音是 ㄹ 的時候，加 로（☆ 參閱 Lesson 25）

▶ **쌀** 米　　　⇨　쌀로

▶ **연필** 鉛筆　　　⇨　연필로

1 수업 시간에 ＿＿＿＿＿＿＿＿ 얘기하세요 . (한국어 / 한국말)
   上課時間請用韓文說話。

2 한국인은 ＿＿＿＿＿＿＿＿ 밥을 먹어요 . (숟가락)
   韓國人用湯匙吃飯。

3 가 : 회사에 어떻게 와요 ? 怎麼來公司的？
   나 : ＿＿＿＿＿＿＿＿ 와요 . (지하철) 搭地鐵來的。

4 ＿＿＿＿＿＿＿＿ 표를 예약해요 . (인터넷)
   用網路訂票。

5 요즘 사람들은 ＿＿＿＿＿＿＿＿ 드라마를 봐요 . (핸드폰 / 휴대폰)
   最近人們用手機看劇。

6 사장님 , ＿＿＿＿＿＿＿＿ 계산해도 돼요 ? (카드)
   老闆，可以刷卡結帳嗎？

7 가 : 제주도에 어떻게 갈 거예요 ? 要怎麼去濟州島？
   나 : ＿＿＿＿＿＿＿＿ 갈 거예요 . (비행기)
   坐飛機去。

8 가 : 우리 어떻게 연락해요 ? 我們怎麼聯絡呢？
   나 : ＿＿＿＿＿＿＿＿ 연락합시다 . (이메일)
   用 email 聯絡吧！

9 가 : 이것은 무엇으로 만들었어요 ? 這個東西是用什麼做的？
   나 : ＿＿＿＿＿＿＿＿ 만들었어요 . (나무) 用木頭做的。

10 가 : 연필로 써도 돼요 ? 用鉛筆寫可以嗎？
   나 : 아니요, ＿＿＿＿＿＿＿＿ 써야 돼요 . (볼펜) 不行，得用原子筆寫。

- (으) 려고 하다
打算～

> 「我打算七月去韓國一趟、打算去韓國念語學堂」，當我們想表達出自己的計畫時，韓文應該怎麼說呢？

老師講解

當有想要做某件事情的計畫或是想法時，可以用 – (으) 려고 하다 這個文法，並依據動作是否有尾音來決定公式的套用。把動作添加上去之後，就會是「預計、打算做某事」的意思。

내일 명동에 가려고 해요.

明天打算去明洞。

친구하고 같이 밥을 먹으려고 해요.

打算和朋友一起吃飯。

若是預計的事情因為一些原因沒有做到時，可以與 지만 搭配使用。此時會使用到過去式「– (으) 려고 했어요 .」，再與「그렇지만～」合併成一句「– (으) 려고 했지만～ （雖然打算做某事，但～）」。

옷을 사려고 했지만 너무 비싸서 못 샀어요.

本來打算要買衣服的，但是因為太貴，所以沒買。

일하려고 했지만 너무 피곤해서 그냥 잤어요.

本來打算要工作的，但是因為太累，所以就睡著了。

(1) 動詞沒有尾音，加 려고 하다

- ▶ **가다** 去　　　가려고 하다　　　⇨　　가려고 해요
- ▶ **보다** 看　　　보려고 하다　　　⇨　　보려고 합니다

(2) 動詞有尾音，加 으려고 하다

- ▶ **먹다** 吃　　　먹으려고 하다　　⇨　　먹으려고 해요
- ▶ **읽다** 讀　　　읽으려고 하다　　⇨　　읽으려고 했어요

(3) ㄷ 不規則

- ▶ **듣다** 聽　　　들으려고 하다　　⇨　　들으려고 해요

(4) ㅂ 不規則

- ▶ **굽다** 烤　　　구우려고 하다　　⇨　　구우려고 해요

(5) ㄹ 不規則

- ▶ **놀다** 玩　　　놀려고 하다　　　⇨　　놀려고 해요

1 가 : 이따가 뭐 해요?
等下要做什麼?

나 : 강남에서 _____ . (쇼핑하다)
打算在江南逛街。

2 가 : 이번 방학에 어디에 갈 거예요? 這次放假要去哪裡?

나 : 유럽으로 _____ . 打算去歐洲。

3 가 : 여보세요. 나나 씨, 지금 뭐 해요?
喂,娜娜小姐,你現在在做什麼?

나 : 집에서 영화를 _____ . 왜요?
打算在家看電影,怎麼了?

4 다음 주부터 한국어를 _____ .
下週開始打算要學韓文。

5 이번 추석에 다 같이 고기를 _____ . (굽다)
這次中秋打算大家一起烤肉。

6 졸업식 때 한복을 _____ . (입다)
畢業典禮時打算穿韓服。

7 주말에 친구와 같이 삼청동에 가서 _____ . (구경하다)
週末打算和朋友去三清洞參觀。

8 떡볶이를 _____ 지만 좀 매워서 순대만 먹었어요.
本來打算吃辣炒年糕的,但是因為有點辣,所以只吃了血腸。

9 어제 _____ 지만 너무 피곤해서 그냥 잤어요. (숙제를 하다)
昨天本來打算做作業的,但是因為太累,所以就睡著了。

10 콘서트 표를 _____ 지만 돈이 없어서 못 샀어요.
本來打算買演唱會票的,但因為沒錢,所以無法買。

文法類型 ❷

第二種文法公式類型是「―」，看到這樣的公式符號表示在套用時，只要把原型單字去掉 다，不須區分是否有尾音，直接加上去。是最簡單也最單純的方式，大家只要記熟原型單字即可。

▶ **가다**　　　去掉 다　⇨ 把 가 加進去公式

▶ **먹다**　　　去掉 다　⇨ 把 먹 加進去公式

「―」類型的公式要小心 으、ㄹ、ㅂ 不規則變化反推回原型單字的部分。

▶ **예뻐요**　　⇨　　예쁘다

▶ **빨라요**　　⇨　　빠르다

▶ **더워요**　　⇨　　덥다

平時背單字一定要熟記原型，不能只會用 요 說話。有時候同學練習 요 結尾習慣了，要換回原型的時候，反而不知所措。這點請大家一定要注意！

- 지 않다
不～、沒～

還記得基礎篇 Lesson 10 介紹過短版的否定 안 嗎？這單元來說說「長版否定」。

老師講解

– 지 않다 意義和 안 一樣，用來否定動作及狀態。因為公式比較長，所以稱為長版否定。

가지 않아요.	**不去。**	먹지 않아요.	**不吃。**
예쁘지 않아요.	**不漂亮。**	좋지 않아요.	**不好。**

和 안 相比起來，– 지 않다 有較溫和、有禮貌的感覺。另外，若是單字較長，也多傾向使用 – 지 않다。

아름답다	⇨	아름답지 않아요.	**不美。**
외로워하다	⇨	외로워하지 않아요.	**不覺得孤單。**

這兩個單字若用 안 來否定，文法上絕對沒問題，只是韓國人口語上較習慣用 – 지 않아요。

(1) 動詞原型單字去掉 다，直接加上 지 않다

▶ **마시다** 喝　　　마시지 않다　　　⇨　마시지 않아요

▶ **찍다** 拍照　　　찍지 않다　　　⇨　찍지 않습니다

▶ **듣다** 聽　　　듣지 않다　　　⇨　듣지 않았어요

▶ **만들다** 製作　　　만들지 않다　　　⇨　만들지 않을 거예요

(2) 形容詞原型單字去掉 다，直接加上 지 않다

▶ **바쁘다** 忙　　　바쁘지 않다　　　⇨　바쁘지 않아요

▶ **달다** 甜　　　달지 않다　　　⇨　달지 않습니다

文法 Point

안	–지 않다
안 가요.	가지 않아요.
안 먹어요.	먹지 않아요.
안 좋아해요. (안+～요)	좋아하지 않아요. (原型單字放置前方)
공부 안 해요. (名詞+하다，안 放 하다 前面)	공부하지 않아요. (原型單字放置前方)
안 예뻐요. (注意不規則變化)	예쁘지 않아요. (回到原型單字否定)

1. 가 : 술을 자주 마셔요 ? 常常喝酒嗎 ?

   나 : 아니요 , 자주 ＿＿＿＿＿＿＿＿ . 不，不常喝。

2. 가 : 지훈 씨를 좋아해요 ? 你喜歡志勳嗎 ?

   나 : 아니요 , ＿＿＿＿＿＿＿＿ . 키가 너무 작아요 .
   不，不喜歡，太矮了。

3. 저는 지금 서울에 ＿＿＿＿＿＿＿＿ . 대만에 살아요 .
   我現在不住首爾，住台灣。

4. 가 : 공부했어요 ? 讀書了嗎 ?

   나 : 아니요 , ＿＿＿＿＿＿＿＿ . 不，沒有讀書。

5. 가 : 여행할 거예요 ? 旅行嗎 ?

   나 : 아니요 , 이번에 ＿＿＿＿＿＿＿＿ . 不，這次不旅行。

6. 가 : 어제 친구를 만났어요 ? 昨天見朋友了嗎 ?

   나 : 아니요 , ＿＿＿＿＿＿＿＿ . 회사에 있었어요 .
   不，沒見面，在公司了。

7. 가 : 비가 와요 ? 下雨嗎 ?

   나 : 아니요 , 비가 ＿＿＿＿＿＿＿＿ . 不，沒下雨。

8. 가 : 언니가 예뻐요 ? 姊姊漂亮嗎 ?

   나 : 아니요 , ＿＿＿＿＿＿＿＿ . 귀여워요 . 不，不漂亮，可愛。

9. 가 : 날씨가 더워요 ? 天氣熱嗎 ?

   나 : 아니요 , ＿＿＿＿＿＿＿＿ . 좀 추워요 . 不，不熱，有點冷。

10. 가 : 거북이가 빨라요 ? 烏龜快嗎 ?

    나 : 아니요 , ＿＿＿＿＿＿＿＿ . 좀 느려요 . 不，不快，有點慢。

Lesson 37

- 지 못하다
無法～、不能～

除了 안 以外，基礎篇 Lesson 11 還有另一個否定 못。來，給你 30 秒，說說 못 是什麼意思？

老師講解

否定有兩種類型，一是 안，表示自己不做某動作；二是 못，表示有原因、理由導致無法做某動作，或是沒有能力做某事。

학교에 **안** 가요.	不去學校。
학교에 **못** 가요.	無法去學校。

☆ 要使用 안 還是 못 來否定動作，就看說話者的態度。

如同 안 有長版否定 – 지 않다，못 也有長版否定 – 지 못하다。擺放方式一樣，原型去掉 다，加上 – 지 못하다 即可。

술을 못 마셔요.	술을 마시지 못해요.	無法喝酒。
한국에 못 가요.	한국에 가지 못해요.	無法去韓國。
스키를 못 타요.	스키를 타지 못해요.	不會滑雪。

動詞原型單字去掉 다，直接加上 지 못하다

▶ **나가다** 出去　　　나가지 못하다　　　⇨　나가지 못해요

▶ **읽다** 讀　　　읽지 못하다　　　⇨　읽지 못했어요

▶ **걷다** 走　　　걷지 못하다　　　⇨　걷지 못합니다

▶ **팔다** 賣　　　팔지 못하다　　　⇨　팔지 못했습니다

▶ **눕다** 躺　　　눕지 못하다　　　⇨　눕지 못할 거예요

注意

請小心發音。

激音化：못하다 [모타다]

　　　　못해요 [모태요]

　　　　못했어요 [모태써요]

　　　　못할 거예요 [모탈 거예요]

文法 Point

안 可以拿來否定形容詞，如：不美、不辣、不難，但是 못 通常不與形容詞一起使用，「無法美？無法辣？無法難？」語意上不合邏輯。

1 가 : 오늘 파티에 가요 ? 今天去派對嗎 ？

　나 : 아니요 , ＿＿＿＿＿＿＿＿ . 다른 약속이 있어요 .

　不，無法去，有別的約。

2 가 : 우유를 왜 ＿＿＿＿＿＿＿＿ ？ 你為什麼不能喝牛奶 ？

　나 : 우유 알레르기가 있어요 . 我有牛奶過敏症。

3 가 : 어제 친구를 만났어요 ? 昨天見到朋友了嗎 ？

　나 : 아니요 , ＿＿＿＿＿＿＿＿ . 친구가 많이 아파서요 .

　不，沒能見到，因為朋友人不舒服。

4 가 : 김치를 좋아해요 ? 喜歡泡菜嗎 ？

　나 : 네 , 좋아해요 . 하지만 많이 ＿＿＿＿＿＿＿＿ . 좀 매워요 .

　是，喜歡，但是無法吃太多，有點辣。

5 가 : 한글을 잘 읽어요 ? 你很會讀韓文字嗎 ？

　나 : 아니요 , 잘 ＿＿＿＿＿＿＿＿ . 조금만 배웠어요 .

　不，不太會讀，只學了一點。

6 가 : 춤을 잘 춰요 ? 你很會跳舞嗎 ？

　나 : 아니요 , ＿＿＿＿＿＿＿＿ . 몸치예요 .

　不，不會跳，我是身體白癡（肢體不協調）。

7 가 : 오늘 다 할 수 있어요 ? 今天可以全部做完嗎 ？

　나 : 아니요 , 너무 많아요 . 다 ＿＿＿＿＿＿＿＿ .

　不，太多了，無法全部做完。

8 가 : 내 말을 이해해요 ? 你理解我的話嗎 ？

　나 : 아니요 , ＿＿＿＿＿＿＿＿＿＿. 무슨 뜻이에요 ?

　不，無法理解，是什麼意思啊 ？

9 가 : 택배 받았어요 ? 收到快遞了嗎 ?

나 : 아니요 , 아직 _____. 저 지금 밖에 있어요 .

不，還沒能收到，我現在人在外面。

10 가 : 아이돌들의 스케줄이 너무 많아요 . 偶像們的行程太多了。

나 : 네 , 맞아요 . 휴가 없어요 . _____. (쉬다)

對啊，沒有休假，無法休息。

- 고 싶다
想～

「好想去韓國玩、好想去明洞逛街、好想吃蔘雞湯……」，對韓國，大家有好多「想」做的事，來學學該怎麼表現。

老師講解

說話者想要表現出自己的希望、期望或是想做的事情，只要在動詞後方加上 – 고 싶다 即可。

삼계탕을 먹고 싶어요.	想吃蔘雞湯。
명동에 가고 싶어요.	想去明洞。

請注意 – 고 싶다 用在第一人稱（我、我們），表達自己想做的事，或是用在第二人稱（你、你們），詢問對方想做某事嗎？如果要說第三人稱（他、他們）的話，則要用 – 고 싶어 하다。

가 : 콘서트를 보고 싶어요 ?	（你）想看演唱會嗎？
나 : 네, 콘서트를 보고 싶어요.	對，（我）想看演唱會。
가 : 지훈 씨도 콘서트를 보고 싶어 해요 ?	志勳（他）也想看演唱會嗎？
나 : 네, 지훈 씨도 콘서트를 보고 싶어 해요.	對，志勳（他）也想看演唱會。

(1) 第一、二人稱，動詞原型單字去掉 다，直接加上 고 싶다

▶ **자다** 睡　　　　자고 싶다　　　　⇨　　자고 싶어요

▶ **쉬다** 休息　　　쉬고 싶다　　　　⇨　　쉬고 싶었어요

▶ **앉다** 坐　　　　앉고 싶다　　　　⇨　　앉고 싶습니다

▶ **찍다** 拍　　　　찍고 싶다　　　　⇨　　찍고 싶었습니다

(2) 第三人稱，動詞原型單字去掉 다，直接加上 고 싶어 하다

▶ **보다** 看　　　　보고 싶어 하다　　⇨　　보고 싶어 해요

▶ **듣다** 聽　　　　듣고 싶어 하다　　⇨　　듣고 싶어 해요

▶ **놀다** 玩　　　　놀고 싶어 하다　　⇨　　놀고 싶어 해요

1 가 : 주말에 _____ ?　週末想做什麼？

　　나 : 친구하고 같이 술을 _____ .　想和朋友一起喝酒。

2 오늘 제 생일이에요 . 선물을 많이 _____ .

　　今天是我生日，想收到很多禮物。

3 언니 ! 오랜만이에요 . 너무 _____ .

　　姐姐！好久不見，好想你。

4 감기약을 먹었어요 . 그래서 _____ .

　　我吃了感冒藥，所以想睡覺。

5 우리 남산에 가요 . 케이블카를 _____ .

　　我們去南山吧，我想搭纜車。

6 가 : 영화를 _____ ?　你想看電影嗎？

　　나 : 아니요 , 집에서 _____ .　不，我想在家休息。

7 가 : 에버랜드에 가요 ?　去愛寶樂園嗎？

　　나 : 네 , 아이들이 _____ .　對，孩子們想玩。

8 가 : 왜 농구장에 가요 ?　為什麼去籃球場？

　　나 : 남자 친구가 _____ .　男朋友他想運動。

9 나는 버블티를 마시고 싶어요 . 그렇지만 남자 친구는 우롱차를

　　_____ .

　　我想喝珍珠奶茶，但是男朋友他想喝烏龍茶。

10 나는 닭갈비를 먹고 싶어요 . 그렇지만 친구는 곱창을 _____ .

　　我想吃辣炒雞排，但是朋友想吃烤牛小腸。

- 고 ❶
又~又~、（並）且

> 韓劇中常聽到女生說「그리구（而且啊～）、그리구（還有啊～）」，그리고 就是「還有、而且」的意思嗎？（그리구 為 그리고 的口語表現）

老師講解

그리고 是一個副詞，用來連接兩個句子，中文可以翻譯成「然後、還有、而且」。

딸기가 싸요. 그리고 맛있어요.	草莓便宜，而且好吃。
지훈 씨는 밥을 먹어요. 그리고 나나 씨는 커피를 마셔요.	志勳吃飯，而娜娜喝咖啡。

當同時擁有兩個狀態，或是一次描述兩個動作時，除了用 그리고 連接兩個短句，還可以用 – 고 文法，把兩個短句串成一長句。

딸기가 싸고 맛있어요.	草莓既便宜又好吃。
지훈 씨는 밥을 먹고 나나 씨는 커피를 마셔요.	志勳吃飯，而娜娜喝咖啡。

使用 – 고 串聯兩個狀態或是並列兩個動作時，前後互換不會影響意思，只需要將前句的原型單字去掉 다 加上 고 即可。

노래방에서 춤을 추고 노래해요.	在 KTV 又跳又唱。
= 노래방에서 노래하고 춤을 춰요.	在 KTV 又唱又跳。

前句動詞或形容詞原型去 다，加上 고

▶ **마시다** 喝　　　　⇨　　마시고
▶ **읽다** 讀　　　　⇨　　읽고
▶ **예쁘다** 漂亮　　　⇨　　예쁘고
▶ **좋다** 好　　　　⇨　　좋고

文法 Point

句型可大致分為兩種：

1. 前後句主詞一樣，同時有兩種狀態。

김치는 매워요 . 그리고 김치는 맛있어요 .　　　　　泡菜辣，而且好吃。
→ 김치는 맵고 맛있어요 .

대만은 날씨가 습해요 . 그리고 대만은 날씨가 더워요 .　台灣天氣潮濕，而且熱。
→ 대만은 날씨가 습하고 더워요 .

2. 前後句主詞不一樣，並列兩件事情。

김치는 매워요 . 그리고 비빔밥은 맛있어요 .　　　　泡菜辣，而拌飯好吃。
→ 김치는 맵고 비빔밥은 맛있어요 .

저는 차를 마셔요 . 그리고 친구는 커피를 마셔요 .　我喝茶，而朋友喝咖啡。
→ 저는 차를 마시고 친구는 커피를 마셔요 .

1 가 : 다들 지금 뭐하고 있어요 ?　大家現在在做什麼？
　　나 : 저는 ＿＿＿＿＿＿＿＿＿ 고 친구는 ＿＿＿＿＿＿＿＿＿ .
　　我正在寫作業，而朋友在聽音樂。

2 한국 드라마는 내용이 ＿＿＿＿＿＿＿＿＿ 고 재미있어요 .
　　韓劇內容好且有趣。

3 가 : 지훈 씨 여자 친구가 어때요 ?　志勳的女朋友如何？
　　나 : ＿＿＿＿＿＿＿＿＿ 고 성격도 좋아요 .　(귀엽다)
　　可愛且個性也好。

4 나나 씨는 도서관에서 책도 ＿＿＿＿＿＿＿＿＿ 고 숙제도 해요 .
　　娜娜在圖書館讀書並且寫作業。

5 가 : 한국 라면이 어때요 ?　韓國泡麵如何？
　　나 : 대만 라면보다 면이 ＿＿＿＿＿＿＿＿＿ 고 맛있어요 .　(탱탱하다)
　　比起台灣泡麵，麵條有彈性且好吃。

6 가 : 어제 뭐 했어요 ?　昨天做什麼了？
　　나 : 친구하고 영화도 ＿＿＿＿＿＿＿＿＿ 고 쇼핑도 했어요 .
　　和朋友看電影且逛街。

7 가 : 요즘 어떻게 지내요 ?　最近過得如何？
　　나 : ＿＿＿＿＿＿＿＿＿ 고 한국어를 배워요 . (일을 하다)　工作並且學韓文。

8 가 : 한국 화장품이 괜찮아요 ?　韓國化妝品不錯嗎？
　　나 : 네 , ＿＿＿＿＿＿＿＿＿ 고 품질이 좋아요 .　是，便宜且品質好。

9 가 : 한국어를 잘하고 싶어요 . 어떻게 해요 ?
　　想要韓文厲害，要怎麼做？
　　나 : 한국 드라마도 많이 ＿＿＿＿＿＿＿＿＿ 고 노래도 많이 들어요 .
　　多看韓劇並且多聽歌。

10 가 : 한국 음식이 좋아요 ?　韓國食物好嗎？
　　나 : 네 , 김치는 유산균이 ＿＿＿＿＿＿＿＿＿ 비빔밥은 영양가가 많아요 .
　　是的，泡菜有很多乳酸菌，而拌飯有很多營養。

- 고 ❷

然後～

你發現了嗎？ 在 – 고 ❶ 中，「然後」這個意思一直沒有出現，
本課來說明一下。

老師講解

　　– 고 ❶ 這個文法主要是在表現「並列」的意思，有兩個動作或是兩個狀態。
而 – 고 ❷ 則是帶有時間上順序的意思：做了 A 動作，然後做 B 動作。

밥을 먹어요. 그리고 차를 마셔요.	**吃飯，然後喝茶。**
영화를 봐요. 그리고 쇼핑해요.	**看電影，然後逛街。**

此時一樣可以利用 – 고 把兩個短句連結成一個長句。

밥을 먹고 차를 마셔요.	**吃飯後喝茶。**
영화를 보고 쇼핑해요.	**看電影後逛街。**

因為帶有時間順序的關係，若將兩個動作互換，會得到不同的意思。

영화를 보고 쇼핑해요.	**看電影後逛街。**
쇼핑하고 영화를 봐요.	**逛街後看電影。**

前句動詞原型去 다，加上 고

▶ **읽다** 讀　　　　⇨　읽고

▶ **마시다** 喝　　　⇨　마시고

▶ **울다** 哭　　　　⇨　울고

▶ **듣다** 聽　　　　⇨　듣고

注意

過去式只要在句尾呈現即可。B 動作若是過去式，A 動作自然也會是過去式，因此不特別寫出來也能理解。

어제 운동하고 샤워했어요. 昨天運動完後洗澡了。

어제 운동했고 샤워했어요. (X)

1 가 : 생일에 뭐 했어요 ? 生日時做了什麼？

　나 : 친구하고 같이 홍대에서 고기를 _____ 노래방에 갔어요 .
　和朋友一起在弘大吃烤肉然後去 KTV 了。

2 가 : 남산에서 뭐 할 거예요 ? 在南山要做什麼？

　나 : 여자 친구하고 같이 케이블카를 _____ 야경을 볼 거예요 .
　　 (타다) 　要和女朋友一起搭纜車然後看夜景。

3 가 : 옷을 먼저 갈아입어요 ? 화장을 먼저 해요 ? 先換衣服還是先化妝？

　나 : 옷을 _____ 화장을 해요 . 換好衣服後化妝。

4 가 : 어제 집에서 뭐 했어요 ? 昨天在家做什麼了？

　나 : _____ 잤어요 . 打掃完後睡覺了。

5 가 : 내일 뭐 해요 ? 明天要做什麼？

　나 : 책을 _____ 친구를 만나요 . 讀書後見朋友。

6 잘 _____ 고 따라하세요 . 聽完之後請跟著做。

7 먼저 손을 씻어요 . 그 다음에 밥을 먹어요 . 先洗手，之後吃飯。

　= _____ . 洗手後吃飯。

8 먼저 설명을 들어요 . 그 다음에 질문하세요 . 先聽說明，之後請發問。

　= _____ . 聽完說明後請發問。

9 먼저 한국어를 배울 거예요 . 그 다음에 한국에 갈 거예요 .
　先學韓文，之後去韓國。

　= _____ . 學韓文後去韓國。

10 먼저 운동해요 . 그리고 물을 마셔요 . 先運動，之後喝水。

　= _____ . 運動後喝水。

- 기 전에
～之前

「吃飯前洗手、看電影前關手機、冷掉之前快吃……」，想要表達「做某事之前」應該怎麼說呢？

老師講解

– 기 전에，전 的意思是「前」，把動作加進來的話，就是「做某事之前」。

밥을 먹기 전에 손을 씻어요.	吃飯前洗手。
영화를 보기 전에 핸드폰을 꺼요.	看電影前關手機。

除了動作之外，也可接在名詞之後。此時只要加上 전에 即可。

한 시간 전에	一小時前
일년 전에	一年前
식사 전에	用餐前

☆ 有之前就有之後，還記得「之後」要怎麼表現嗎？請翻回 Lesson 31。

(1) 動詞原型單字去掉 다，直接加上 기 전에

▶ **오다** 來 ⇨ 오기 전에

▶ **입다** 穿 ⇨ 입기 전에

▶ **수영하다** 游泳 ⇨ 수영하기 전에

▶ **듣다** 聽 ⇨ 듣기 전에

▶ **놀다** 玩 ⇨ 놀기 전에

▶ **굽다** 烤 ⇨ 굽기 전에

(2) 名詞加上 전에

▶ **십분** 十分鐘 ⇨ 십분 전에

▶ **한 시간** 一小時 ⇨ 한 시간 전에

▶ **한 달** 一個月 ⇨ 한 달 전에

▶ **하루** 一天 ⇨ 하루 전에

▶ **일년** 一年 ⇨ 일년 전에

1 ＿＿＿＿＿＿＿＿＿＿ 빨리 먹어요 . (식다)
冷掉之前趕快吃。（趁熱吃）

2 옷을 ＿＿＿＿＿＿＿＿＿＿ 먼저 화장해요 . (갈아입다)
換衣服之前先化妝。

3 ＿＿＿＿＿＿＿＿＿＿ 준비 운동을 하세요 .
游泳之前請先做暖身運動。

4 ＿＿＿＿＿＿＿＿＿＿ 운동하지 마세요 .
睡覺前請不要運動。

5 ＿＿＿＿＿＿＿＿＿＿ 예비부부들이 건강 검진을 많이 해요 . (결혼하다)
結婚前，準夫妻大多會做健康檢查。

6 ＿＿＿＿＿＿＿＿＿＿ 지훈 씨한테서 프러포즈를 받았어요 . (이틀)
兩天前，志勳向我求婚了。

7 ＿＿＿＿＿＿＿＿＿＿ 졸업했어요 .
五年前畢業了。

8 더 ＿＿＿＿＿＿＿＿＿＿ 빨리 사과해요 . (늦다)
在更晚之前，趕快道歉。

9 ＿＿＿＿＿＿＿＿＿＿ 구매 리스트를 먼저 쓰세요 .
逛街前，請先寫購買清單。

10 저는 ＿＿＿＿＿＿＿＿＿＿ 항상 화장실에 가요 . (공연)
我在表演前總是去廁所。

- 지요?
～對吧？

「GD 很帥吧？、韓國烤肉好吃對吧？、你昨天去西門町了對吧？」像這種反問式的說法，在韓文中也有，一起來看看。

老師講解

　　這種反問式的句型，其實是說話者把心裡的想法說出來，希望得到對方的附和。彷彿在問：「你是不是也這樣認為？」、「我說的沒錯吧？」。用法簡單，只要原型單字去掉 다，加上 지요？即可。如果同意說話者的說法，就回答「是啊、真的耶」；若持不同意見，也可以回覆「不會啊、沒有」。

가：지훈 씨가 멋있지요？　　　　志勳很帥對吧？

나：네, 정말 멋있어요.　　　　　是啊，帥。

　　아니요, 별로예요.　　　　　不，還好。

若是詢問過去發生的事情，則加上「았 / 었 / 했지요？」。

숙제 다 했지요？　　　　　功課都做完了對吧？

밥을 먹었지요？　　　　　吃飯了對吧？

實際運用

(1) 現在式：動詞、形容詞原型單字去掉 다，直接加上「지요？」

▶ **맞다** 對　　　　⇨　맞지요？

▶ **예쁘다** 漂亮　　⇨　예쁘지요？

(2) 過去式：單字換成 았 / 었 / 했어요 後，去掉 어요，加「지요 ？」

▶ **가다** 去   갔어요   ⇨   갔지요 ？

▶ **춥다** 冷   추웠어요   ⇨   추웠지요 ？

(3) 未來式：單字換成 –（으）ㄹ 거예요 後，去掉 예요，加「지요 ？」

▶ **오다** 來   올 거예요   ⇨   올 거지요 ？

▶ **읽다** 讀   읽을 거예요   ⇨   읽을 거지요 ？

(4) 現在式：名詞＋이다，單字有尾音加「이지요 ？」，無尾音加「지요 ？」

▶ **학생** 學生   ⇨   학생이지요 ？

▶ **가수** 歌手   ⇨   가수지요 ？

(5) 過去式：名詞＋이다，單字有尾音加「이었지요 ？」，無尾音加「였지요 ？」

▶ **학생** 學生   ⇨   학생이었지요 ？

▶ **가수** 歌手   ⇨   가수였지요 ？

注意

「지요 ？」去掉 요 就變半語，如韓劇常聽到的「재미있지 ？（有趣吧 ？）、멋있지 ？（帥吧 ？）」。另外，지요 可以縮寫成 죠。

1 나나 씨는 대만에서 _____ ?
娜娜小姐是從台灣來的對吧？

2 지훈 씨는 _____ ?
志勳是韓國人對吧？

3 내일 다 같이 _____ ? (나가다)
明天都會一起出去的對吧？

4 찜닭 정말 _____ ? 또 먹고 싶어요 .
燉雞真的很好吃對吧？好想再吃。

5 우리 오빠 너무 _____ ? 만찢남이에요 .
我們家哥哥真的很帥吧？是漫撕男啊。（撕破漫畫走出來的男人）

6 대만 날씨가 덥고 _____ ? (습하다)
台灣天氣熱又潮濕對吧？

7 여기가 _____ ? (이대)
這裡是梨大吧？

8 다음에 김치찌개를 _____ ?
下次要做泡菜鍋對吧？

9 가 : 어제 친구하고 같이 홍대에 _____ ?
你昨天和朋友去弘大了對吧？

나 : 네 , 어떻게 알았어요 ?
是啊，你怎麼知道？

10 요즘 한국어를 배우는 사람들이 _____ ?
最近學韓文的人很多對吧？

- 보다
比起～

去韓國玩的時候，應該會忍不住和台灣做個比較吧？「韓國比較涼爽、韓劇比較好看、韓國女生比較愛打扮……」，「比較」應該要怎麼說呢？

老師講解

　　想比較 A 和 B 兩個東西時，可以使用「名詞＋보다」這個文法。把其中一個當作比較基準，放在 보다 前面，再敘述差異為何。

한국 드라마가 **대만 드라마보다** 더 재미있어요.
韓劇比台劇更有趣。

대만 드라마보다 한국 드라마가 더 재미있어요.
比起台劇，韓劇更有趣。

　　上述例句是以「台劇」為基準來思考時，韓劇比較有趣。如果把基準換掉，句子的說法也就不同囉。另外，比較點可以寫在句子的中間或前面。

대만 드라마가 **한국 드라마보다** 재미없어요.
台劇比韓劇無趣。

한국 드라마보다 대만 드라마가 재미없어요.
比起韓劇，台劇無趣。

名詞＋보다：把要比的基準放在 보다 前面

제가 언니보다 더 예뻐요.	我比姊姊更漂亮。
비빔밥이 김치찌개보다 맛있어요.	拌飯比泡菜鍋好吃。
어제보다 오늘이 좀 시원해요.	比起昨天，今天較涼爽。
동대문보다 남대문이 더 가까워요.	比起東大門，南大門更近。

文法 Point

如果想要比較的不是單純的名詞，而是「動作」時，要先把動作名詞化（動詞原型去掉 다 加 는 것 即可）。

영화를 보는 것보다 책을 읽는 것이 더 재미있어요 .	比起看電影，讀書更有趣。
한국어를 듣는 것이 말하는 것보다 쉬워요 .	聽韓文比說韓文簡單。
음악 듣는 것보다 노래하는 것을 더 좋아해요 .	比起聽音樂，更喜歡唱歌。

1 대만 날씨가 _____ 더워요.
台灣天氣比韓國天氣熱。

2 한국 음식이 _____ 매워요.
韓國菜比台灣菜辣。

3 _____ 한국 여자가 화장을 많이 해요.
比起台灣女生，韓國女生多化妝。

4 _____ 오빠가 더 좋아요. 오빠라고 불러 주세요. (아저씨)
比起大叔，哥哥比較好，請叫我哥哥。

5 만화 내용이 _____ 더 재미있어요.
漫畫內容比偶像劇更有趣。

6 오늘 환율이 _____ 떨어졌어요.
今天匯率比昨天低。

7 _____ 쓰기가 정말 어려워요. (말하기)
比起口說，寫作真的好難。

8 _____ 여자 주인공이 연기를 더 잘해요. (남자 주인공)
比起男主角，女主角演技更好。

9 가 : 아빠가 좋아요, 엄마가 좋아요?
爸爸好，還是媽媽好？
나 : _____.
媽媽比爸爸好。

10 가 : 치마를 자주 입어요, 바지를 자주 입어요?
常穿裙子還是常穿褲子？
나 : _____.
比起裙子，常穿褲子。

Lesson 44

- 지만
雖然～但是～

台韓都有中秋節，但台灣吃烤肉，韓國吃松糕。台灣母親節、父親節分開過，但韓國是一起過。想和韓國朋友分享台韓差異之處，似乎不能沒有「但是～」這個文法！

老師講解

－ 지만 用來串聯兩個句子，使用在前後兩個句子是相反、不同狀況的時候。A 句先陳述某事情，B 句則是敘述與其相反的內容、不同的狀態，如中文的「但是～」。

저는 순두부찌개를 좋아하지만 순대국을 안 좋아해요.
我喜歡嫩豆腐鍋，但不喜歡血腸湯。

한국에서는 추석 때 송편을 먹지만 대만에서는 바비큐를 먹어요.
在韓國中秋節的時候吃松糕，但在台灣吃烤肉。

－ 지만 前面除了放現在式以外，也能擺放過去式。

어제는 비가 왔지만 오늘은 비가 안 와요.
雖然昨天下雨，但今天沒下。

전에는 회를 못 먹었지만 이제는 잘 먹어요.
以前無法吃生魚片，但現在很會吃。

(1) 現在式：動詞或形容詞原型去 다，加上 지만

- ▶ **쓰다** 寫 ⇨ 쓰지만
- ▶ **읽다** 讀 ⇨ 읽지만
- ▶ **예쁘다** 漂亮 ⇨ 예쁘지만
- ▶ **좋다** 好 ⇨ 좋지만

(2) 過去式：動詞或形容詞先換成 았 / 었 / 했어요，再去掉 어요，加上 지만

- ▶ **쓰다** 寫 　 썼어요 ⇨ 썼지만
- ▶ **듣다** 聽 　 들었어요 ⇨ 들었지만
- ▶ **고르다** 挑 　 골랐어요 ⇨ 골랐지만
- ▶ **덥다** 熱 　 더웠어요 ⇨ 더웠지만
- ▶ **멀다** 遠 　 멀었어요 ⇨ 멀었지만

文法 Point

– 지만 句型可大致分為兩種：

A 은 / 는～ 지만～	**A 은 / 는～ 지만　B 은 / 는～**
A 有兩個相反狀態	A 和 B 兩個不同，記得要用 은 / 는 來表現對比的意思

1. 저는 K 팝을 자주 _____ 가사 내용은 잘 몰라요 .

   我雖然常聽 K-POP，但不知道歌詞內容。

2. 커피는 _____ 많이 마시면 안 돼요 .

   咖啡雖然好喝，但不能喝太多。

3. 대만에도 짜장면이 _____ 한국 짜장면하고 달라요 .

   台灣雖然也有炸醬麵，但和韓國炸醬麵不一樣。

4. 작년에는 나나 씨가 _____ 올해는 받지 못했어요 . (상을 받다)

   去年雖然娜娜小姐得獎了，但今年沒能拿到。

5. 저는 한국 드라마를 _____ 너무 바빠서 가끔 봐요 .

   我雖然喜歡看韓劇，但太忙所以偶爾才看。

6. 이번에 1 등은 _____ 그래도 정말 잘했어요 . (못 하다)

   這次雖然沒得到第一名，但真的做得很棒。

7. 어제는 열심히 _____ 오늘은 하기 싫어요 .

   雖然昨天認真運動，但今天不想做。

8. 돈은 _____ 행복하지 않아요 .

   錢雖多，但不幸福。

9. 춤과 노래 실력은 _____ 인기가 없어요 .

   舞蹈和歌唱實力雖好，但沒人氣。

10. 한국어를 아직 _____ 한국어로 대화하고 싶어요 . (잘 못하다)

    雖然現在韓文還不太好，但想用韓文對話。

45

- 고 있다
正在～

> 大家聽過五月天的「戀愛 ing，改變 ing～」這首歌嗎？加了「ing」，就變成正在做某事的意思，那麼，韓文的「ing」要怎麼說呢？

老師講解

　　如果英文加了 ing 就變成正在做某事的意思，那麼韓文就是加了 – 고 있다，表示正在做某動作。

조금만 기다려 주세요. 지금 가고 있어요.	稍等我一下，我在路上了。
우리 지금 밥을 먹고 있어요. 같이 먹어요.	我們現在正在吃飯，來一起吃。

　　如果是長輩或是上位者正在做某動作，則可換成 – 고 계시다 的敬語型態。

할아버지는 지금 텔레비전을 보고 계세요.	爺爺現在正在看電視。
할머니는 지금 음악을 듣고 계세요.	奶奶現在正在聽音樂。

　　英文稱 ing 為「現在」進行式，不過韓文還可以用在「過去式」，表示過去那個時間點，正在做某件事情。比如說：

어제 왜 전화를 안 받았어요?	昨天為何不接電話？
그때 자고 있었어요.	那時正在睡覺。

(1) 原型動詞去掉 다，加上 고 있다

► **보다** 看　　　　　보고 있다　　　　　⇨　　보고 있어요

► **듣다** 聽　　　　　듣고 있다　　　　　⇨　　듣고 있습니다

► **샤워하다** 洗澡　　샤워하고 있다　　　⇨　　샤워하고 있었어요

► **읽다** 讀　　　　　읽고 있다　　　　　⇨　　읽고 있었습니다

(2) 敬語型態：原型動詞去掉 다，加上 고 계시다

► **쓰다** 寫　　　　　쓰고 계시다　　　　⇨　　쓰고 계세요

► **웃다** 笑　　　　　웃고 계시다　　　　⇨　　웃고 계십니다

► **만들다** 製作　　　만들고 계시다　　　⇨　　만들고 계십니다

► **전화하다** 打電話　전화하고 계시다　　⇨　　전화하고 계셨습니다

文法 Point

– 고 있다 除了「當下正在做～」的意思外，也有「在某一段期間，動作持續在進行中」的用法。

요즘 한국어를 배우고 있어요 .	最近在學韓文。
선생님은 요즘 책을 쓰고 있어요 .	老師最近在寫書。
친구는 대학원에 다니고 있어요 .	朋友在上研究所。

1 가 : 뭐 해요 ?　你在做什麼？

　　나 : 아파서 집에서 _____ . (쉬다)　我不舒服，所以在家休息。

2 가 : 준비 다 했어요 ?　都準備好了嗎？

　　나 : 아니요 , 지금 _____ . 還沒，現在正在做。

3 가 : 무슨 일을 하세요 ?　您做什麼工作的？

　　나 : 회사에 _____ . （다니다）我在上班。

4 가 : 어제 밤 11 시에 뭐 했어요 ?　昨天晚上 11 點做了什麼？

　　나 : 그때 _____ . 왜요 ?　那時我在讀書，怎麼了？

5 미안해요 . 지금 _____ . （운전하다）抱歉，我正在開車。

　이따가 다시 전화할게요 . 等一下再打給你。

6 어머니께서 부엌에서 _____ . （요리하다）

　媽媽正在廚房煮菜。

7 동생은 방에서 _____ 고 아버지는 거실에서 텔레비전을

　_____ .

　弟弟正在房間睡覺，爸爸正在客廳看電視。

8 가 : 여보세요 ? _____ ?　喂？你在聽嗎？

　　나 : 네 , 말씀하세요 . _____ . 有，您請說，我在聽。

9 가 : 그 영화 봤어 ?　你看那部電影了嗎？

　　나 : 지금 _____ . 다 보고 얘기하자 . 現在正在看，看完再聊。

10 지금 _____ ?　現在正在做什麼？

文法類型 ❸

　　本章節介紹最後一種公式類型「아/어/해」。看到這種公式開頭的，表示在套用時，要先將單字換成 아요、어요、해요（非格式體敬語）的樣子，然後去掉 요，加上剩下的部份即可。

▶ **가다**　　先換成 가요　　⇨　　去掉 요，只取 가

▶ **먹다**　　先換成 먹어요　　⇨　　去掉 요，只取 먹어

　　要注意 ㄷ、ㅂ、ㄹ 與 으 不規則類型的單字，它們在換成非格式體敬語 요 的時候，有些特別變化，請小心套用。（☆ 參閱 Lesson 21～25）

▶ **듣다**　　換成 들어요　　⇨　　只取 들어

▶ **빠르다**　　換成 빨라요　　⇨　　只取 빨라

▶ **예쁘다**　　換成 예뻐요　　⇨　　只取 예뻐

▶ **덥다**　　換成 더워요　　⇨　　只取 더워

아 / 어 / 해 주다
幫忙（做）～、給（做）～

> 「不好意思，可以幫我一下嗎？」、「可以告訴我怎麼去嗎？」
> 到韓國時不免需要請當地人幫忙，這該怎麼說呢？

老師講解

　　「커피 주세요 .（請給我咖啡）、빵 주세요 .（請給我麵包）」，當需要「物品」時，只要把那個東西加上 주다 就可表現出「給我某東西」。那麼希望對方給我的不是東西，而是動作呢？

　　請給我某動作，也就是「請幫我做某事」、「可以幫我做某事嗎？」的意思。如果想這樣表達，只要把動作換成 아요、어요、해요 的狀態後，去掉 요 加上 주다 就可以了。

문을 열어 주세요 .	請幫我開門。（請給我開門的動作）
창문을 닫아 줘요 .	幫我關窗戶。（給我關窗戶的動作）
도와주세요 .	請幫我。（請給我幫助的動作）

　　若想要反向詢問對方「需要我幫你嗎？」時，可以和 –（으）ㄹ까요？ 文法搭配使用，變成 아 / 어 / 해 줄까요？ 的形式。

도와줄까요 ?	要幫你嗎？（給你幫助好嗎？）
이거 열어 줄까요 ?	要幫你打開這個嗎？

　　對象為長輩或是需要尊敬的人時，可以把 주다 換成敬語 드리다。

도와 드릴까요 ?	要幫您嗎？
창문을 닫아 드릴까요 ?	要幫您關窗戶嗎？

實際運用

(1) 動詞換成 아요、어요、해요 後，去掉 요，加上 주다

▶ **청소하다** 打掃　　청소해요　⇨　청소해 주다　⇨　청소해 줘요

▶ **만들다** 製作　　만들어요　⇨　만들어 주다　⇨　만들어 줬어요

▶ **깎다** 削減　　깎아요　⇨　깎아 주다　⇨　깎아 주세요
　　　　　　　　　　　　　　　　　　　　　　　（請算便宜一點）

▶ **사다** 買　　　사요　⇨　사 주다　⇨　사 줬어요

(2) 動詞換成 아요、어요、해요 後，去掉 요，加上 드리다

▶ **찍다** 拍照　　찍어요　⇨　찍어 드리다　⇨　찍어 드릴까요？

▶ **쓰다** 寫　　　써요　⇨　써 드리다　⇨　써 드렸어요

文法 Point

아 / 어 / 해 주다 搭配表示原因的 아서 / 어서 文法，可以組合出常用生活用語。

도와주셔서 감사합니다 . / 도와줘서 고마워요 .
謝謝您的幫忙。（給我幫忙，所以謝謝）/ 謝謝你幫忙我。

와 주셔서 감사합니다 . / 와 줘서 고마워요 .
感謝蒞臨。/ 謝謝你來。

가르쳐 주셔서 감사합니다 . / 가르쳐 줘서 고마워요 .
謝謝您的教導。/ 謝謝你教我。

1. 가 : 뭘 도와 드릴까요 ?
   需要幫忙嗎？

   나 : 이거 좀 _____ . (바꾸다)
   請幫我換一下這個。

2. 저는 외국인이에요 . 천천히 _____ . (말하다)
   我是外國人，請慢慢說。

3. 뭘 찾으세요 ? _____ ? (소개하다)
   您找什麼嗎？幫您介紹好嗎？

4. 가 : 어떻게 해 드릴까요 ?
   要幫您怎麼處理呢？

   나 : 머리 좀 _____ . (자르다)
   幫我剪一下頭髮。

5. 저 치마 좀 _____ . (보이다)
   請給我看一下那件裙子。

6. 오빠가 밥을 _____ .
   哥哥請我吃飯了。（買飯給我）

7. 가 : 사진 _____ ? (찍다)   要幫您拍照嗎？

   나 : 네 , 사진 좀 _____ . 好，請幫忙拍一下。

8. 나도 한국어를 배우고 싶어 . 좀 _____ . (가르치다)
   我也想學韓文，教我一下。

9. 오빠 너무 멋있어요 . _____ . (사인하다)
   哥哥好帥！請幫我簽名。

10. 친구한테 10 만 원을 _____ . (빌리다)
    我借了十萬元給朋友。

아 / 어 / 해 보다

試試看～、嘗試～

想推薦好吃、好玩的給朋友時，可能會說「你試試看嘛」、「你吃吃看啊」。這些好康，到底要怎麼用韓文告訴朋友呢？

老師講解

有些文法非常神奇，照著中文翻就好。當我們想要表現「嘗試」著做某事時，韓文用 아 / 어 / 해 보다 即可。動作加上 보다（看），不是和中文一樣嗎？

먹어 봐요.	**吃吃看。**
들어 봐요.	**聽聽看。**

想要更有禮貌，則可搭配 –（으）세요。

입어 보세요.	**請穿穿看（衣褲類）。**
신어 보세요.	**請穿穿看（鞋襪類）。**
드셔 보세요.	**您請吃吃看、喝喝看。（드시다 為吃、喝的敬語）**

若使用過去式，則是表示已經嘗試過了，有做過此事的經驗。

가 봤어요.	**去過。**
배워 봤어요.	**學過。**

(1) 現在式：動詞換成 아요、어요、해요 後，去掉 요，加上 보다

▶ **마시다** 喝 　　마셔요 　　⇨ 　마셔 보다 　　⇨ 　마셔 봐요

▶ **듣다** 聽 　　들어요 　　⇨ 　들어 보다 　　⇨ 　들어 보세요

▶ **먹다** 吃 　　먹어요 　　⇨ 　먹어 보다 　　⇨ 　먹어 보세요

> ☆ 먹다 的敬語單字為 드시다，因此也可說 드셔 보세요．

(2) 過去式：把 아 / 어 / 해 봐요 換成 아 / 어 / 해 봤어요

▶ **가다** 去 　　가요 　　⇨ 　가 봐요 　　⇨ 　가 봤어요

▶ **만들다** 製作 　　만들어요 　　⇨ 　만들어 봐요 　　⇨ 　만들어 봤어요

▶ **고르다** 挑 　　골라요 　　⇨ 　골라 봐요 　　⇨ 　골라 봤어요

文法 Point

한번 + 아 / 어 / 해 보다

這個文法很喜歡加上「한번（一次）」，但不是真的表示只能做「一次」，而是想要凸顯「試一下」、「試試看」的意思。

한번 드셔 보세요．　　　　請吃一次看看。

한번 해 보세요．　　　　　請試一次看看。

1 한복을 _____ ?

穿過韓服嗎？

2 이 책 정말 재미있어 . 한번 _____ .

這本書真的很有趣，你讀讀看。

3 그 노래 _____ ? 진짜 좋지요 ?

你聽過那首歌了吧？真的很棒對吧？

4 한국 민속촌에 _____ ?

去過韓國民俗村嗎？

5 이건 제가 만든 케이크예요 . 한번 _____ .

這是我做的蛋糕，請吃吃看。

6 가 : 이 모자를 써 봐도 돼요 ?

這帽子可以戴戴看嗎？

나 : 그럼요 , _____ .

當然，請戴戴看。

7 한국 노래방에서 노래를 _____ ?

在韓國 KTV 唱過歌嗎？

8 이 친구 아주 착해요 . 한번 _____ .

這朋友非常善良的。見一次看看。

9 이 식당 처음 봐요 . _____ ?

這間餐廳第一次看到。要進去看看嗎？

10 가 : 인삼 커피가 맛있어요 ?

人參咖啡好喝嗎？

나 : 저도 몰라요 . _____ ?

我也不知道。要喝喝看嗎？

아 / 어 / 해서
因為～所以～

韓國朋友或許會問你：「為什麼學韓文？為什麼來韓國？為什麼喜歡某某團體？」，該怎麼回答呢？

老師講解

　　想要表示「因為…所以…」，韓文會用 아 / 어 / 해서 這個連接文法，它的前身是大家很常聽到的 그래서（所以）。

배가 고파요. 그래서 밥을 먹어요.	肚子餓，所以吃飯。
눈이 와요. 그래서 추워요.	下雪，所以冷。

　　這樣的兩個小短句，可使用 아 / 어 / 해서 來串成一個長句。

배가 고파서 밥을 먹어요.	肚子餓，所以吃飯。
눈이 와서 추워요.	下雪，所以冷。

　　即使發生的原因是過去的事情，套用方法還是不變。

어제 술을 많이 마셔서 취했어요.	昨天喝多，所以醉了。
지난 주에 쇼핑을 해서 지금 돈이 없어요.	上週逛街了，所以現在沒錢。

　　想要簡單回答時，則可以說 아 / 어 / 해서요，把該說的原因說出來之後，加上 요 做一個結尾。

왜 울어요 ? 기분이 안 좋아서요.	為什麼哭？因為心情不好。
왜 학교에 안 가요 ? 머리가 아파서요.	為什麼不去學校？因為頭痛。

實際運用

(1) 動詞、形容詞換成 아요、어요、해요 後，去掉 요，加上 서

▶ **마시다** 喝　　　마셔요　　　⇨　　　마셔서
▶ **재미있다** 有趣　재미있어요　⇨　　　재미있어서
▶ **청소하다** 打掃　청소해요　　⇨　　　청소해서
▶ **덥다** 熱　　　더워요　　　⇨　　　더워서
▶ **다르다** 不同　달라요　　　⇨　　　달라서
▶ **쓰다** 寫　　　써요　　　　⇨　　　써서

(2) 이다：名詞分成有尾音和沒尾音

▶ **학생이다** 是學生　⇨　　학생이어서 / 학생이라서（口語）
▶ **가수이다** 是歌手　⇨　　가수여서 / 가수라서（口語）

注意

請小心，아서 / 어서 的後句，不可以接 –（으）세요、–（으）ㄹ까요、–（으）ㅂ시다、같이〜요 等命令句或共動句。

날씨가 좋아서 산책하세요 .　　（X）天氣好，所以請去散步
날씨가 좋아서 산책할까요 ?　　（X）天氣好，一起散步好嗎？
날씨가 좋아서 산책합시다 .　　（X）天氣好，一起散步吧！
날씨가 좋아서 같이 산책해요 .　（X）天氣好，一起散步。

若想要造有命令、建議等句子，連接的「因為」要用「–（으）니까」這個文法。

---

1. 너무 _____ 자고 싶어요 . (피곤하다)
   太累了，所以想睡覺。

2. 한국 드라마를 _____ 한국어를 배워요 .
   想看韓劇，所以學韓文。

3. 오늘 커피를 많이 _____ 잠이 안 와요 .
   今天喝太多咖啡，所以睡不著。

4. 돈이 _____ 한국에 못 가요 .
   沒錢，所以無法去韓國。

5. _____ 회사에 안 가도 돼요 . (일요일)
   因為是星期天，所以不用去公司。

6. 가 : 많이 피곤해요 ?
   很累嗎？
   나 : 어제 잠을 잘 못 _____ .
   因為昨天沒睡好。

7. 너무 _____ 쉬지 못해요 .
   太忙，所以無法休息。

8. _____ 비행기표가 없어요 . (연휴)
   因為是連假，所以沒機票了。

9. 옷이 너무 _____ 다 샀어요 . (예쁘다)
   衣服太漂亮了，所以全買了。

10. _____ 미안해요 . (늦다)
    抱歉遲到了。（因為遲到，所以對不起）

Lesson 49

아 / 어 / 해도 되다
可以～

> 「不好意思，可以試穿一下嗎？」、「可以進去嗎？」想詢問對方是否同意時，試著使用 아 / 어 / 해도 되다 吧！

老師講解

想要詢問對方是否能做某事，或是徵求對方的同意時，我們會使用 아 / 어 / 해도 되다 這個文法。돼요 是可以、안 돼요 是不可以，所以照字面翻譯的意思是：做某動作也可以嗎？

用法很簡單，只要將動作先換成 아요、어요、해요 型態後，去掉 요 再加上 도 되다。

들어가도 돼요?	可以進去嗎？
물을 마셔도 돼요?	可以喝水嗎？

聽到這類型的問題，回答時只要重複一遍，語調正常下降即可。

問：들어가도 돼요?	可以進去嗎？（語調稍微上揚）
答：네, 들어가도 돼요.	是的，可以進去。（語調正常下降）

若答案是不同意時，可使用 –(으)면 안 되다 文法。字面翻譯為「如果這樣做的話，不行」，也就是「不可以做某事」的意思。

들어가도 돼요? 아니요, 들어가면 안 돼요.	可以進去嗎？不，不行進去。
밥을 먹어요 돼요? 아니요, 먹으면 안 돼요.	可以吃飯嗎？不，不行吃。

> ☆ –(으)면 안 되다 可參閱 Lesson 33。

動詞換成 아요、어요、해요 後，去掉 요，加上 도 되다

▶ **사다** 買　　　사요　　⇨　　사도 되다　　⇨　　사도 돼요

▶ **읽다** 讀　　　읽어요　　⇨　　읽어도 되다　　⇨　　읽어도 됩니다

▶ **쉬다** 休息　　쉬어요　　⇨　　쉬어도 되다　　⇨　　쉬어도 돼요

▶ **눕다** 躺　　　누워요　　⇨　　누워도 되다　　⇨　　누워도 됩니다

▶ **부르다** 唱　　불러요　　⇨　　불러도 되다　　⇨　　불러도 돼요

☆ 되다 的非格式體敬語是 되어요，可以合併成 돼요，請小心不要寫錯。

文法 Point

除了 아 / 어 / 해도 되다 之外，也常使用 아 / 어 / 해도 괜찮다。

　　울어도 괜찮아요 .　　　　　　　　哭也沒關係。

　　음악을 들어도 괜찮아요 .　　　　　聽音樂也沒關係。

除了動詞之外，形容詞也可使用此文法，意思是「這樣的狀態也可以」。

　　농구를 하고 싶어요 . 키가 작아도 돼요 ?　想打籃球，個子矮也可以嗎？

　　대역을 찾고 있어요 . 안 예뻐도 괜찮아요 .　在找替身，不漂亮也沒關係。

1 가 : 좀 더워요 . 에어컨을 _____ ? (켜다)
有點熱，可以開冷氣嗎？

나 : 네 , _____ .
可以開。

2 박물관에서 사진을 _____ ? (찍다)
在博物館拍照也沒關係嗎？

3 오늘 휴일이에요 . 회사에 _____ .
今天是休息日，可以不用去公司。

4 과자를 _____ 지만 많이 먹지 마세요 .
可以吃餅乾，但請不要吃太多。

5 가 : 신발을 _____ ? (신다)
可以試穿看看鞋子嗎？

나 : 그럼요 , 신어 보세요 .
當然，請穿穿看。

6 다리 좀 아파요 . 혹시 _____ ? (앉다)
腳有點痛，可以坐下嗎？

7 선물을 _____ .
可以不給我禮物的。

8 한국어를 잘 못하면 영어로 _____ . (말하다)
韓文說不好的話，可以說英文。

9 쉬는 시간에 커피를 _____ ?
休息時間可以喝咖啡對吧？

10 잠깐 _____ ? (-(으)ㄹ까요)
暫時休息一下可以嗎？（更客氣地問）

Lesson 50

아 / 어 / 해야 하다 / 되다
必須～、得～

到韓國一定要吃蔘雞湯、得去汗蒸幕、非得大買特買的。這些「必須」、「得」做的事情，韓文該怎麼替換呢？

老師講解

　　當某件事情或是某種狀況有它的「必要性」，是「必須」、「得」做的事情時，韓文用 아 / 어 / 해야 하다 或是 아 / 어 / 해야 되다 來表現。將動詞或形容詞換成 아요 / 어요 / 해요 型態後，去掉 요 加上 야 하다 / 되다 即可。

삼계탕을 꼭 먹어야 돼요.	**一定要吃蔘雞湯。**
찜질방에 가야 해요.	**得要去汗蒸幕。**
쇼핑을 많이 해야 돼요.	**要逛很多街。**

　　아 / 어 / 해야 하다 或是 아 / 어 / 해야 되다 雖有一點意義上的不同，但實際上並不區分地那麼仔細，比起 하다，更常使用 되다。

열심히 공부해야 해요.	**得要認真讀書。**
= 열심히 공부해야 돼요.	

(1) 動詞換成 아요、어요、해요 後，去掉 요，加上 야 하다 / 되다

▶ **청소하다** 打掃　　청소해요　⇨　청소해야 하다　⇨　청소해야 해요

▶ **읽다** 讀　　읽어요　⇨　읽어야 하다　⇨　읽어야 합니다

▶ **나가다** 出去　　나가요　⇨　나가야 되다　⇨　나가야 돼요

▶ **웃다** 笑　　웃어요　⇨　웃어야 되다　⇨　웃어야 됩니다

(2) 形容詞換成 아요、어요、해요 後，去掉 요，加上 야 하다 / 되다

▶ **크다** 大　　커요　⇨　커야 하다　⇨　커야 해요

▶ **따뜻하다** 溫暖　　따뜻해요　⇨　따뜻해야 하다　⇨　따뜻해야 합니다

▶ **맛있다** 好吃　　맛있어요　⇨　맛있어야 되다　⇨　맛있어야 돼요

▶ **얇다** 薄　　얇아요　⇨　얇아야 되다　⇨　얇아야 됩니다

1. 가수들은 노래를 _____ . (잘하다)
   歌手們歌應該要唱得好。

2. 가 : 내일 시간이 있어요 ? 明天有空嗎 ?

   나 : 아니요 , 내일은 _____ . (아르바이트하다)
   不，明天得要打工。

3. 가 : 한국어를 잘하고 싶어요 . 希望韓文很厲害。

   나 : 그럼 , 매일 _____ . (연습하다)
   那麼，得要每天練習。

4. 가 : 오늘 같이 영화를 볼까요 ? 今天要一起看電影嗎 ?

   나 : 미안해요 . _____ . (시험 준비를 하다)
   對不起，我要準備考試。

5. 강남에 가고 싶어요 . 어떻게 _____ ?
   我想去江南。該怎麼去 ?

6. 식당 음식은 _____ . 맛없으면 손님이 안 와요 .
   餐廳食物必須好吃。不好吃的話，客人不會上門。

7. 외국 여행을 가고 싶으면 여권이 _____ .
   想去國外旅行的話，必須要有護照。

8. 콘서트를 보고 싶으면 빨리 표를 _____ .
   想看演唱會的話，得要趕快買票。

9. 어른들에게 _____ . (존댓말을 하다)
   對長輩必須要說敬語。

10. 가 : 내일 아침 6 시에 _____ . (일어나다)
    明天得要早上六點起床。

    나 : 그럼 , 오늘 일찍 _____ .
    那麼今天必須早點睡。

附錄

練習題解答 & 500 句例句整理

一、基礎篇

Lesson 1

1. 사다 : 사요 .
2. 앉다 : 앉아요 .
3. 웃다 : 웃어요 .
4. 읽다 : 읽어요 .
5. 있다 : 있어요 .
6. 알다 : 알아요 .
7. 배우다 : 배워요 .
8. 없다 : 없어요 .
9. 미치다 : 미쳐요 .
10. 사랑하다 : 사랑해요 .
11. 노래하다 : 노래해요 .
12. 전화하다 : 전화해요 .

Lesson 2

1. 드라마를 봐요 .
2. 책을 읽어요 .
3. 친구를 만나요 .
4. 버스를 기다려요 .
5. 문을 열어요 .
6. 한국어를 배워요 .
7. 가방을 사요 .
8. 운동을 해요 .
9. 청소를 해요 .
10. 뽀뽀를 해요 .

Lesson 3

1. 남동생은 대학생이에요 .
2. 아버지는 회사원이에요 .

3. 김치는 한국의 대표음식이에요 .
4. 런닝맨은 아주 재미있어요 .
5. 여기는 제 모교예요 .
6. 오늘의 점심 메뉴는 비빔밥이에요 .
7. 우리는 ~~ 슈퍼주니어예요 !
8. 여기는 명동이고 저기는 남대문이에요 .
9. 대만 음식은 싸고 맛있어요 .
10. 한국 여자는 화장을 잘해요 .

Lesson 4

1. 여기가 신사동이에요 ?
2. 이 분이 누구세요 ?
3. 저 사람이 왜 집에 안 가요 ?
4. 아버지가 매일 출근해요 .
5. 누가 밥해요 ?
6. 기분이 너무 좋아요 .
7. 대만 날씨가 아주 습해요 .
8. 이모가 우리 집에 왔어요 .
9. 떡볶이가 정말 맛있어요 .
10. 와 ! 눈이 와요 . 너무 예뻐요 .

Lesson 5

1. 식당에서 밥을 먹어요 .
2. 명동에서 쇼핑해요 ?
3. 강남에서 연예인을 봤어요 .
4. 공항에서 기다려요 .
5. 지금 어디에서 일해요 ?
6. 이마트에서 과자를 많이 샀어요 .
7. 서울역에서 기차를 타요 .
8. 방에서 자요 .
9. 밖에서 뭐 해요 ?

10. 평생교육원에서 한국어를 배워요 .

Lesson 6

1. 아침 7 시에 일어나요 .
2. 토요일 오전에 뭐 해요 ?
3. 밤 11 시에 샤워해요 .
4. 30 분에 출발해요 .
5. 6 시 반에 저녁을 먹어요 .
6. 오후에 커피를 마셔요 ?
7. 무슨 요일에 영어를 배워요 ?
8. 몇 시에 가요 ?
9. 몇 월에 유학을 가요 ?
10. 며칠에 파티를 해요 ?

Lesson 7

1. 어제 친구하고 같이 영화를 봤어요 .
2. 책을 다 읽었어요 ?
3. 지난 토요일에 신촌에서 불고기를 먹었어요 .
4. 엄마한테 얘기했어요 ?
5. 아까 명동에서 화장품을 많이 샀어요 .
6. 오전에 이화대학교에서 사진을 찍었어요 .
7. 그저께 한강공원에서 자전거를 탔어요 .
8. 집에서 뭐 했어요 ?
9. 안녕히 주무셨어요 ?
10. 잘 잤어요 ?

Lesson 8

1. 여름 방학에 뭐 할 거예요 ?
2. 주말에 친구하고 같이 사인회에 갈 거예요 .
3. 오늘 맛있는 삼계탕을 먹을 거예요 .
4. 이번에 반포대교에 가서 음악분수 쇼를 볼 거예요 .
5. 오늘 밤 몇 시에 잘 거예요 ?

6. 저는 아이돌 오빠하고 결혼할 거예요 !
7. 내일 요리시간에 미역국을 만들 거예요 .
8. 앞으로 매일 K 팝을 들을 거예요 .
9. 저녁에 남자 친구를 만날 거예요 ?
10. 경복궁에서 한복을 입고 사진을 찍을 거예요 .

Lesson 9

1. 아이돌 중에 누구를 좋아합니까 ?
2. 한국 사람들은 초복에 삼계탕을 먹습니다 .
3. 어제 소맥을 마셨습니까 ?
4. 내년에 남자 친구하고 결혼할 겁니다 .
5. K 팝을 좋아해요 . 그래서 매일 한국 노래만 듣습니다 .
6. 내일 뭐 할 겁니까 ?
7. 어제 신촌에서 맛있는 불고기를 많이 먹었습니다 .
8. 남산 야경이 정말 아름답습니다 .
9. 다음 달에 한국 드라마 촬영지에 놀러 갈 겁니다 .
10. 지난 주에 공항에서 연예인을 봤습니다 .

Lesson 10

1. 가 : 청소했어요 ?
   나 : 아니요 , 청소를 안 했어요 . 너무 바빴어요 .
2. 가 : 어제 친구랑 노래방에 갔어요 ?
   나 : 아니요 , 안 갔어요 . 술집으로 갔어요 .
3. 가 : 백화점에서 옷을 사요 ?
   나 : 아니요 , 안 사요 . 너무 비싸요 .
4. 요즘 사람들은 편지를 안 써요 . 이메일을 보내요 .
5. 가 : 저는 김치를 좋아해요 . 나나 씨도 김치를 좋아해요 ?

나 : 아니요 , <u>안 좋아해요</u> . 나한테 너무 매
　　　워요 .

6. 오늘은 일요일이에요 . <u>일을 안 해요</u> .

7. 대만 사람들은 차를 좋아해요 . 그렇지만
　　한국 사람들은 차를 많이 <u>안 마셔요</u> .

8. 가 : 영화가 재미있었어요 ?

　　나 : 아니요 , <u>재미없었어요</u> . 영화관에서
　　　　잤어요 .

9. 빨간색이 <u>안 예뻐요</u> . 다른 색을 골라요 .

10. 가 : 날씨가 따뜻해요 ?

　　나 : 아니요 , <u>안 따뜻해요</u> . 좀 추워요 .

Lesson 11

1. 매운 음식을 좋아해요 . 그렇지만 많이 <u>못</u>
<u>먹어요</u> .

2. 돈이 없어요 . 그래서 콘서트를 <u>못 봐요</u> .

3. 커피를 마시면 잠이 안 와요 . 그래서 커피
를 <u>못 마셔요</u> .

4. 어제 잠을 <u>못 잤어요</u> . 그래서 피곤해요 .

5. 길을 잘 몰라요 . 그래서 <u>운전을 못 해요</u> .

6. 한국어를 잘 못해요 . 한국말로 <u>대화를 못</u>
<u>해요</u> .

7. 한국 노래를 좋아해요 . 그렇지만 <u>못 불</u>
<u>러요</u> .

8. 오토바이가 고장났어요 . 그래서 <u>못 나</u>
<u>가요</u> .

9. 일본어를 안 배웠어요 . 일본어 책을 <u>못 읽</u>
<u>어요</u> .

10. 신발이 너무 작아요 . <u>못 신어요</u> .

Lesson 12

1. 가 : 숫자가 뭐예요 ?

　　나 : <u>백오십팔만 이백사십육</u>이에요 .

2. 가 : 전화번호가 몇 번이에요 ?

　　나 : <u>공일공 삼사오칠의 구공이일</u>이에요 .

3. 가 : 몇 호실에 사세요 ?

　　나 : <u>사백십오 호실</u>이에요

4. 가 : 모두 얼마예요 ?

　　나 : <u>이천구십 원</u>이에요 .

5. 가 : 언제 만나요 ?

　　나 : <u>이천이십년 팔월</u>에 만나요 .

6. 가 : 학비가 얼마예요 ?

　　나 : <u>이백이십팔만 원</u>이에요

7. 가 : 몇 등 했어요 ?

　　나 : <u>삼등</u> 했어요 .

8. 가 : 몇 번 버스를 탔어요 ?

　　나 : <u>육십칠번</u> 버스를 탔어요 .

9. 가 : 키가 몇 센티미터예요 ?

　　나 : <u>백육십오</u> 센티미터예요 .

10. 가 : 몇 층에 있어요 ?

　　나 : <u>오층</u>에 있어요 .

Lesson 13

1. 가 : 커피를 많이 마셔요 ?

　　나 : 네 , 하루에 <u>두 잔</u> 마셔요 .

2. 가 : 집에 강아지가 있어요 ?

　　나 : 네 , <u>한 마리</u>가 있어요 .

3. 가 : 불고기를 먹었어요 ?

　　나 : 네 , 친구하고 <u>삼 인분</u>을 먹었어요 .

4. 가 : 몇 살이에요 ?

　　나 : 올해 <u>열한 살</u>이에요 .

5. 가 : 슈퍼에서 많이 샀어요 ?

　　나 : 네 , 요구르트 <u>열 병</u>하고 빵 <u>다섯 개</u>를
　　　　샀어요 .

6. 가 : 몇 분이에요 ?

　　나 : 남자 <u>여덟 명</u>하고 여자 <u>열두 명</u>이에
　　　　요 . 모두 <u>스무 명</u>이에요 .

7. 비빔밥 세 <u>그릇</u>과 된장찌개 <u>하나 / 한 개</u>

주세요 .

8. 가 : 술을 얼마나 마셨어요 ?

　나 : 네 병 정도 마셨어요 .

9. 부대찌개 일 인분을 안 팔아요 .

10. 종이 있어요 ? 한 장 빌려주세요 .

Lesson 14

1. 가 : 뭘 샀어요 ?

　나 : 과자하고 주스를 샀어요 .

2. 집에 강아지와 고양이가 있어요 .

3. 가 : 동대문시장에서 뭘 살 거예요 ?

　나 : 옷이랑 치마를 살 거예요 .

4. 어제 비빔밥하고 김치찌개를 먹었어요 .

5. 이번 방학에 일본과 한국에 갈 거예요 .

6. 김치랑 치킨이 맛있어요 .

7. 케이크하고 선물을 준비해요 .

8. 친구와 같이 한국어를 배워요 .

9. 가족이랑 같이 여행할 거예요 .

10. 이대하고 홍대 근처에서 재미있게 놀았어요 .

Lesson 15

1. 혹시 지훈 씨입니까 ?

2. 그 분이 우리 선생님이에요 .

3. 오빠가 예전에 경찰이었어요 .

4. 어제 만난 사람이 나나 씨였어요 .

5. 저 분이 우리 누나예요 .

6. 이게 잡채입니다 .

7. 왜 혼자예요 ?

8. 10 년 전에 대학생이었어요 .

9. 여기가 어디입니까 ?

10. 오빠는 내 사랑이에요 .

Lesson 16

1. 가 : 학생이에요 ?

　나 : 아니요 , 학생이 아니에요 . 선생님이에요 .

2. 가 : 이게 소고기예요 ?

　나 : 아니요 , 소고기가 아닙니다 . 돼지고기입니다 .

3. 가 : 가수입니까 ?

　나 : 아니요 , 가수가 아니에요 . 매니저예요 .

4. 가 : 혹시 지훈 씨입니까 ?

　나 : 아니요 , 저는 지훈이 아니에요 . 성훈이에요 .

5. 가 : 외동딸이에요 ?

　나 : 아니요 , 외동딸이 아닙니다 . 언니가 있어요 .

6. 가 : 범인이 저 남자지요 ?

　나 : 아니요 , 남자가 아니에요 . 여자예요 .

7. 가 : 여기가 휴게실이에요 ?

　나 : 아니요 , 휴게실이 아니에요 . 사무실이에요 .

8. 가 : 이건 만 원이에요 ?

　나 : 무슨 소리예요 ? 만 원이 아니에요 . 10 만 원이에요 .

9. 가 : 여자 친구가 미인이에요 .

　나 : 에이 ~ 여자 친구가 아닙니다 . 그냥 친구예요 .

10. 가 : 아들이 너무 멋있어요 .

　나 : 뭐라고요 ? 저 아직 결혼 안 했어요 ! 아들이 아니에요 . 우리 조카예요 .

Lesson 17

1. 호텔 근처에 뭐가 있어요 ?

2. 서울역이 어디에 있어요 ?

3. 냉장고 안에 맥주가 있어요 .

4. 신사동 근처에 예쁜 카페가 많아요 .

5. 화장실이 몇 층에 있어요 ?

6. 교통카드가 가방 안에 없어요 .

7. 이 근처에 편의점이 있어요 ?

8. 지하철역이 앞에 있어요 ?

9. 식당이 어느 쪽에 있어요 ?

10. 뒤에 차가 있어요 . 조심하세요 .

Lesson 18

1. 가 : 리리 씨가 어디에 있어요 ?
   나 : 교실에 들어갔어요 .

2. 가 : 어제 친구하고 어디에 갔어요 ?
   나 : 북촌에 갔어요 .

3. 잠깐 3 층에 올라와요 .

4. 가 : 주말에 뭐 할 거예요 ?
   나 : 친구하고 같이 홍대에 갈 거예요 .

5. 가 : 어제 한강공원에 갔어요 ? 자전거도 탔어요 ?
   나 : 아니요 , 한강공원에 안 갔어요 . 집에서 쉬었어요 .

6. 언제 식당에 가요 ? 배가 고파요 .

7. 지하 1 층에 가세요 . 차가 거기에 있어요 .

8. 가 : 왜 동대문에 안 가요 ?
   나 : 돈이 없어요 . 그래서 안 가요 .

9. 언제 집에 돌아올 거예요 ? 엄마가 화났어요 .

10. 누가 발표해요 ? 앞에 나와요 .

Lesson 19

1. 가 : 교통사고가 났어요 .
   나 : 그럼 , 경찰한테 전화해요 .

2. 가 : 안녕하세요 . 저는 리리예요 .
   나 : 안녕하세요 . 저는 루루예요 .

나나 씨한테서 얘기 많이 들었어요 .

3. 가 : 웬 선물이에요 ?
   나 : 친구한테서 받았어요 . 어제 제 생일이었어요 .

4. 가족한테 " 사랑해요 " 자주 말해요 ?

5. 이건 비밀이에요 . 다른 사람한테 얘기하지 마세요 .

6. 선생님한테서 시험 정보를 들었어요 .

7. 여자 친구한테 프러포즈를 할 거예요 ?

8. 긴급상황이에요 . 팀장님한테 보고했어요 ?

9. 어린이들 ! 모르는 사람한테서 사탕을 받아도 될까요 ? 안 될까요 ?

10. 가 : 남동생하고 화해했어요 ?
    나 : 네 , 동생이 나한테 사과했어요 .

Lesson 20

1. 저는 치킨을 좋아해요 . 그리고 떡볶이도 좋아해요 .

2. 이건 누구 핸드폰이에요 ? 리리 씨의 핸드폰이에요 .

3. 한국 친구가 없어요 . 대만 친구만 있어요 .

4. 어제 명동에 갔어요 . 남산에도 갔어요 .

5. 한국 음식을 거의 다 먹어요 . 순대만 안 먹어요 .

6. 왜 한국을 좋아해요 ? 한국의 매력이 뭐예요 ?

7. 동대문시장 근처에 쇼핑몰이 있어요 . 지하철도 있어요 . 아주 편해요 .

8. 아메리카노를 마셔요 ? 아니요 , 저는 라테만 마셔요 .

9. 비빔밥의 칼로리가 낮아요 . 좋은 음식이에요 .

10. 고기만 먹어요 ? 야채도 좀 먹어요 .

Lesson 21

1. 가 : K 팝 자주 들어요 ?

   나 : 네 , 매일 들어요 .

2. 길을 몰라요 . 지나가는 사람한테 물어요 .

3. 이거 받아요 . 생일 선물이에요 .

4. 매일 30 분 정도 걸어요 . 건강에 좋아요 .

5. 좀 추워요 . 창문 닫아요 .

6. 앞으로 오빠들의 노래를 매일 들을 거예요 .

7. 가 : 숙제 다 했어요 ?

   나 : 아니요 , CD 만 들었어요 .

8. 오늘 3 시간 걸었어요 . 다리가 너무 아파요 .

9. 오빠는 거짓말을 안 해요 . 오빠만 믿어요 .

10. 거울을 보세요 . 얼굴에 뭐 묻었어요 !

Lesson 22

1. 가 : 강아지가 무서워요 ?

   나 : 아니요 , 아주 귀여워요 .

2. 가 : 한국어로 대화할 수 있어요 ?

   나 : 아니요 , 나한테 아직 어려워요 .

3. 가 : 이 한우를 어떻게 요리할 거예요 ?

   나 : 구울 거예요 .

4. 경찰이 도둑을 잡았어요 .

5. 가 : 이 가방이 어때요 ?

   나 : 커요 . 하지만 가벼워요 .

6. 가 : 대만 날씨가 추워요 ?

   나 : 아니요 , 안 추워요 . 좀 더워요 .

7. 가 : 지하철역이 저쪽에 있어요 .

   나 : 고마워요 .

8. 가 : 한국이 멀어요 ?

   나 : 아니요 , 안 멀어요 . 가까워요 .

9. 가 : 김치하고 떡볶이가 어때요 ?

   나 : 맛있어요 . 그렇지만 좀 매워요 .

10. 가 : 밖이 왜 그렇게 시끄러워요 ?

   나 : 콘서트를 해요 . 그래서 시끄러워요 .

Lesson 23

1. 요즘 어때요 ? 많이 바빠요 ?

2. 저 여자 정말 예뻐요 . 누구예요 ?

3. 어디가 아파요 ? 감기에 걸렸어요 ?

4. 김선생님 키가 정말 커요 . 185 센치예요 .

5. 엄마 ! 밥 줘요 . 배가 고파요 .

6. 입국심사표를 다 썼어요 ?

7. 오랜만에 친구들을 만나요 . 정말 기뻐요 .

8. 이 영화가 너무 슬퍼요 . 다들 울었어요 .

9. 지난 달에 정말 바빴어요 . 매일 일했어요 .

10. 오늘 날씨가 안 좋아요 . 그래서 제 기분도 나빠요 .

Lesson 24

1. 가 : 송혜교를 알아요 ?

   나 : 아니요 , 몰라요 . 누구예요 ?

2. 한국 인터넷 속도가 정말 빨라요 .

3. 이따가 파티에서 노래를 부를 거예요 . 응원해 주세요 .

4. 한국과 대만의 문화는 비슷하지만 달라요 .

5. 날씨가 너무 더워서 머리를 잘랐어요 .

6. 가 : 다 골랐어요 ?

   나 : 네 , 사 주셔서 감사합니다 .

7. 어렸을 때 강아지 한 마리를 길렀어요 .

8. 오늘 반지를 고를 거예요 .

9. 가 : 이거 한국말로 뭐예요 ?

   나 : 저도 잘 몰라요 . 사전을 찾아 보세요 .

10. 지훈 씨가 노래 정말 잘 불러요 . 가수 같아요 .

Lesson 25

1. 행복하게 <u>사세요</u> .
2. 어제 케이크를 <u>만들었어요</u> ?
3. 우리 시장에서 과일을 <u>팔까요</u> ?
4. 내일 친구하고 같이 <u>놀 거예요</u> .
5. 집이 <u>멉니까</u> ?
6. 수박이 더 <u>달아요</u> ? 딸기가 더 <u>달아요</u> ?
7. 가 : 송중기를 <u>알아요</u> ?
   나 : 네 , <u>압니다</u> .
8. 날씨가 더워요 . 창문을 <u>열까요</u> ?
9. 내일 김치찌개를 <u>만들 거예요</u> .
10. 사장님 , 많이 <u>파세요</u> .

二、常用文法篇

Lesson 26

1. <u>몇 층으로</u> 가요 ?
2. <u>교실 앞으로</u> 나와요 .
3. <u>어느 쪽으로</u> 들어가요 ?
4. <u>밖으로</u> 나가지 마세요 .
5. <u>뒤로</u> 가세요 .
6. <u>지하 1 층으로</u> 내려오세요 .
7. 언제 <u>한국으로</u> 돌아가요 ?
8. 3 월 15 일에 <u>부산으로</u> 갈 거예요 .
9. <u>어디로</u> 갈까요 ?
10. <u>경주로</u> 갔어요 .

Lesson 27

1. 주말에 같이 <u>영화를 볼까요</u> ?
2. 가 : 노래하고 싶어요 .
   나 : 그럼 , 노래방에 <u>갈까요</u> ?
3. 가 : 뭘 <u>드릴까요</u> ?
   나 : 커피 한 잔 주세요 .

4. 고백하고 싶어요 . 어떻게 <u>할까요</u> ?
5. 심심해요 . <u>뭐</u> 할까요 ?
6. 12 시예요 . 같이 <u>점심을</u> 먹을까요 ?
7. 시간이 없어요 . <u>택시를</u> 탈까요 ?
8. 백화점에서 세일을 해요 . 같이 <u>쇼핑할</u>
   <u>까요</u> ?
9. 여자 친구 생일이에요 . 무슨 선물을 <u>살</u>
   <u>까요</u> ?
10. 가 : 너무 피곤해요 .
    나 : 그럼 , 좀 <u>쉴까요</u> ?

Lesson 28

1. 모두 열심히 <u>공부합시다</u> .
2. 가 : 맥주를 마실까요 ?
   나 : 좋아요 , 치킨도 <u>먹읍시다</u> .
3. 이번에 우리 다 같이 해외로 <u>갑시다</u> .
4. 퇴근 후에 <u>한잔합시다</u> .
5. 가 : 뭘 할까요 ?
   나 : 영화 <u>봅시다</u> .
6. 조용히 하세요 . 얘기 좀 <u>들읍시다</u> .
7. 우리 모두 돈을 많이 <u>법시다</u> .
8. 가 : 잠깐 만날까요 ?
   나 : 네 , 학교 앞에서 <u>만납시다</u> .
9. 여기 너무 예뻐요 . 사진 한 장 <u>찍읍시다</u> .
10. 미안해요 . 지금 바빠요 . 나중에 <u>얘기합</u>
    <u>시다</u> .

Lesson 29

1. 감기에 걸렸어요 ? 병원에 <u>가세요</u> .
2. 잠깐만 <u>기다리세요</u> .
3. 여러분 ! 여기 <u>보세요</u> . 그리고 잘 <u>들으세요</u> .
4. 많이 힘들지요 ? 좀 <u>쉬세요</u> .
5. 한국 드라마 정말 재미있어요 . 한번 <u>보</u>
   <u>세요</u> .

6. 치킨 나왔습니다 . 맛있게 <u>드세요</u> .

7. 가 : 안녕히 <u>가세요</u> .

   나 : 안녕히 계세요 .

8. 새해 복 많이 <u>받으세요</u> .

9. 가 : 내일 회의가 있어요 .

   나 : 회의 자료를 빨리 <u>준비하세요</u> .

10. 가 : 내일 설악산에 가요 .

    나 : 단풍이 아주 예뻐요 . 사진 많이 <u>찍으세요</u> .

Lesson 30

1. 가 : 어디에 가요 ?

   나 : 명동에 <u>아르바이트를 하러</u> 가요 .

2. 한국에 뭐 <u>하러</u> 왔어요 ?

3. 가 : 요즘 뭐 배워요 ?

   나 : 한국어를 <u>배우러</u> 학원에 다녀요 .

4. 가 : 영화를 보러 나갈까요 ?

   나 : 미안해요 . <u>공부하러</u> 도서관에 가야 돼요 .

5. 가 : 어떻게 왔어요 ?

   나 : 선생님을 <u>만나러</u> 왔습니다 .

6. 대만에 한번 <u>놀러</u> 오세요 .

7. 아버지들은 매일 돈을 <u>벌러</u> 나가요 .

8. 콘서트를 <u>보러</u> 한국에 갈 거예요 .

9. 약을 <u>사러</u> 약국에 가요 ?

10. 밥을 <u>먹으러</u> 식당에 갈까요 ?

Lesson 31

1. 밥을 <u>먹은 후에</u> 약을 드세요 .

2. 대학교를 <u>졸업한 후에</u> 뭐 할 거예요 ?

3. 한국 사람들은 대부분 <u>식사 후에</u> 커피를 마셔요 .

4. 오늘 보고서를 다 <u>쓴 후에</u> 퇴근하세요 .

5. 수업이 <u>끝난 후에</u> 뭐 할 거예요 ?

6. 가 : 언제 만날까요 ?

   나 : <u>퇴근 후에</u> 만나요 .

7. <u>회의한 후에</u> 다 같이 식사합시다 .

8. 죄송해요 . 지금 바빠요 . <u>30 분 후에</u> 다시 전화 주세요 .

9. 가 : 언제 이사 왔어요 ?

   나 : <u>결혼한 후에</u> 왔어요 .

10. 한국어를 <u>배운 후에</u> 뭐 하고 싶어요 ?

Lesson 32

1. <u>시간이 있으면</u> 주말에 만날까요 ?

2. 내일 <u>날씨가 좋으면</u> 같이 산책하러 갑시다 .

3. 돈이 <u>많으면</u> 일을 안 할 거예요 .

4. 스트레스를 <u>받으면</u> 어떻게 해요 ?

5. 술을 <u>마셨으면</u> 대리운전을 부르세요 .

6. 매운 것을 많이 <u>먹으면</u> 배가 아파요 .

7. 앞으로 <u>가면</u> 마트가 있어요 .

8. 댄스곡을 <u>들으면</u> 기분이 좋아져요 .

9. 날씨가 <u>더우면</u> 아이스커피를 마시고 <u>추우면</u> 따뜻한 커피를 마셔요 .

10. 그 친구를 정말 <u>좋아하면</u> 고백하세요 .

Lesson 33

1. 박물관에서 사진을 <u>찍으면 안 돼요</u> .

2. 실내에서 담배를 <u>피우면 안 돼요</u> .

3. 가 : 어떻게 가야 돼요 ?

   나 : 뒤로 쭉 <u>가면 돼요</u> .

4. 지금 안 하고 싶어요 . 나중에 <u>하면 안 돼요</u> ?

5. 하루에 커피를 3 잔 이상 <u>마시면 안 돼요</u> .

6. 가 : 어디에서 기다려요 ?

   나 : 여기서 <u>기다리면 돼요</u> .

7. 가 : 다이어트를 하고 싶어요 . 뭘 <u>하면 돼요</u> ?

나 : 매일 조금만 먹고 열심히 <u>운동하면</u> <u>돼요</u> .

8. 가 : 드라마 먼저 보고 숙제하면 안 돼요 ?

   나 : 안 돼 ! 숙제하고 드라마 봐 .

9. 내일 회의가 아주 중요해요 . <u>늦으면 안</u> <u>돼요</u> .

10. 가 : 부자가 되고 싶어…

   나 : 돈을 열심히 <u>벌면 돼</u> .

Lesson 34

1. 수업 시간에 <u>한국어 / 한국말로</u> 얘기하세요 .

2. 한국인은 <u>숟가락으로</u> 밥을 먹어요 .

3. 가 : 회사에 어떻게 와요 ?

   나 : <u>지하철로</u> 와요 .

4. <u>인터넷으로</u> 표를 예약해요 .

5. 요즘 사람들은 <u>핸드폰 / 휴대폰으로</u> 드라마를 봐요 .

6. 사장님 , <u>카드로</u> 계산해도 돼요 ?

7. 가 : 제주도에 어떻게 갈 거예요 ?

   나 : <u>비행기로</u> 갈 거예요 .

8. 가 : 우리 어떻게 연락해요 ?

   나 : <u>이메일로</u> 연락합시다 .

9. 가 : 이것은 무엇으로 만들었어요 ?

   나 : <u>나무로</u> 만들었어요 .

10. 가 : 연필로 써도 돼요 ?

   나 : 아니요 , <u>볼펜으로</u> 써야 돼요 .

Lesson 35

1. 가 : 이따가 뭐 해요 ?

   나 : 강남에서 <u>쇼핑하려고 해요</u> .

2. 가 : 이번 방학에 어디에 갈 거예요 ?

   나 : 유럽으로 <u>가려고 해요</u> .

3. 가 : 여보세요 . 나나 씨 , 지금 뭐 해요 ?

나 : 집에서 영화를 <u>보려고 해요</u> . 왜요 ?

4. 다음 주부터 한국어를 <u>배우려고 해요</u> .

5. 이번 추석에 다 같이 고기를 <u>구우려고</u> <u>해요</u> .

6. 졸업식 때 한복을 <u>입으려고 해요</u> .

7. 주말에 친구와 같이 삼청동에 가서 <u>구경하</u> <u>려고 해요</u> .

8. 떡볶이를 <u>먹으려고 했지만</u> 좀 매워서 순대만 먹었어요 .

9. 어제 숙제를 <u>하려고 했지만</u> 너무 피곤해서 그냥 잤어요 .

10. 콘서트 표를 <u>사려고 했지만</u> 돈이 없어서 못 샀어요 .

Lesson 36

1. 가 : 술을 자주 마셔요 ?

   나 : 아니요 , 자주 <u>마시지 않아요</u> .

2. 가 : 지훈 씨를 좋아해요 ?

   나 : 아니요 , <u>좋아하지 않아요</u> . 키가 너무 작아요 .

3. 저는 지금 서울에 <u>살지 않아요</u> . 대만에 살아요 .

4. 가 : 공부했어요 ?

   나 : 아니요 , <u>공부하지 않았어요</u> .

5. 가 : 여행할 거예요 ?

   나 : 아니요 , 이번에 <u>여행하지 않을 거</u> <u>예요</u> .

6. 가 : 어제 친구를 만났어요 ?

   나 : 아니요 , <u>만나지 않았어요</u> . 회사에 있었어요 .

7. 가 : 비가 와요 ?

   나 : 아니요 , 비가 <u>오지 않아요</u> .

8. 가 : 언니가 예뻐요 ?

   나 : 아니요 , <u>예쁘지 않아요</u> . 귀여워요 .

9. 가 : 날씨가 더워요 ?

　　나 : 아니요 , 덥지 않아요 . 좀 추워요 .

10. 가 : 거북이가 빨라요 ?

　　나 : 아니요 , 빠르지 않아요 . 좀 느려요 .

Lesson 37

1. 가 : 오늘 파티에 가요 ?

　　나 : 아니요 , 가지 못해요 . 다른 약속이 있어요 .

2. 가 : 우유를 왜 마시지 못해요 ?

　　나 : 우유 알레르기가 있어요 .

3. 가 : 어제 친구를 만났어요 ?

　　나 : 아니요 , 만나지 못했어요 . 친구가 많이 아파서요 .

4. 가 : 김치를 좋아해요 ?

　　나 : 네 , 좋아해요 . 하지만 많이 먹지 못해요 . 좀 매워요 .

5. 가 : 한글을 잘 읽어요 ?

　　나 : 아니요 , 잘 읽지 못해요 . 조금만 배웠어요 .

6. 가 : 춤을 잘 춰요 ?

　　나 : 아니요 , 추지 못해요 . 몸치예요 .

7. 가 : 오늘 다 할 수 있어요 ?

　　나 : 아니요 , 너무 많아요 . 다 하지 못해요 .

8. 가 : 내 말을 이해해요 ?

　　나 : 아니요 , 이해하지 못해요 . 무슨 뜻이에요 ?

9. 가 : 택배 받았어요 ?

　　나 : 아니요 , 아직 받지 못했어요 . 저 지금 밖에 있어요 .

10. 가 : 아이돌들의 스케줄이 너무 많아요 .

　　나 : 네 , 맞아요 . 휴가 없어요 . 쉬지 못해요 .

Lesson 38

1. 가 : 주말에 뭐 하고 싶어요 ?

　　나 : 친구하고 같이 술을 마시고 싶어요 .

2. 오늘 제 생일이에요 . 선물을 많이 받고 싶어요 .

3. 언니! 오랜만이에요 . 너무 보고 싶었어요 .

4. 감기약을 먹었어요 . 그래서 자고 싶어요 .

5. 우리 남산에 가요 . 케이블카를 타고 싶어요 .

6. 가 : 영화를 보고 싶어요 ?

　　나 : 아니요 , 집에서 쉬고 싶어요 .

7. 가 : 에버랜드에 가요 ?

　　나 : 네 , 아이들이 놀고 싶어 해요 .

8. 가 : 왜 농구장에 가요 ?

　　나 : 남자 친구가 운동하고 싶어 해요 .

9. 나는 버블티를 마시고 싶어요 . 그렇지만 남자 친구는 우롱차를 마시고 싶어 해요 .

10. 나는 닭갈비를 먹고 싶어요 . 그렇지만 친구는 곱창을 먹고 싶어 해요 .

Lesson 39

1. 가 : 다들 지금 뭐하고 있어요 ?

　　나 : 저는 숙제하고 있고 친구는 음악을 듣고 있어요 .

2. 한국 드라마는 내용이 좋고 재미있어요 .

3. 가 : 지훈 씨 여자 친구가 어때요 ?

　　나 : 귀엽고 성격도 좋아요 .

4. 나나 씨는 도서관에서 책도 읽고 숙제도 해요 .

5. 가 : 한국 라면이 어때요 ?

　　나 : 대만 라면보다 면이 탱탱하고 맛있어요 .

6. 가 : 어제 뭐 했어요 ?

나 : 친구하고 영화도 보고 쇼핑도 했어요 .

7. 가 : 요즘 어떻게 지내요 ?
    나 : 일을 하고 한국어를 배워요 .

8. 가 : 한국 화장품이 괜찮아요 ?
    나 : 네 , 싸고 품질이 좋아요 .

9. 가 : 한국어를 잘하고 싶어요 . 어떻게
        해요 ?
    나 : 한국 드라마도 많이 보고 노래도 많이
        들어요 .

10. 가 : 한국 음식이 좋아요 ?
    나 : 네 , 김치는 유산균이 많고 비빔밥은
        영양가가 많아요 .

Lesson 40

1. 가 : 생일에 뭐 했어요 ?
    나 : 친구하고 같이 홍대에서 고기를 먹고
        노래방에 갔어요 .

2. 가 : 남산에서 뭐 할 거예요 ?
    나 : 여자 친구하고 같이 케이블카를 타고
        야경을 볼 거예요 .

3. 가 : 옷을 먼저 갈아입어요 ? 화장을 먼저
        해요 ?
    나 : 옷을 갈아입고 화장을 해요 .

4. 가 : 어제 집에서 뭐 했어요 ?
    나 : 청소하고 잤어요 .

5. 가 : 내일 뭐 해요 ?
    나 : 책을 읽고 친구를 만나요 .

6. 잘 듣고 따라하세요 .

7. 손을 씻고 밥을 먹어요 .

8. 설명을 듣고 질문하세요 .

9. 한국어를 배우고 한국에 갈 거예요 .

10. 운동하고 물을 마셔요 .

Lesson 41

1. 식기 전에 빨리 먹어요 .

2. 옷을 갈아입기 전에 먼저 화장해요 .

3. 수영하기 전에 준비 운동을 하세요 .

4. 자기 전에 운동하지 마세요 .

5. 결혼하기 전에 예비부부들이 건강검진을
    많이 해요 .

6. 이틀 전에 지훈 씨한테서 프러포즈를 받았
    어요 .

7. 오년 전에 졸업했어요 .

8. 더 늦기 전에 빨리 사과해요 .

9. 쇼핑하기 전에 구매 리스트를 먼저 쓰세요 .

10. 저는 공연 전에 항상 화장실에 가요 .

Lesson 42

1. 나나 씨는 대만에서 왔지요 ?

2. 지훈 씨는 한국 사람이지요 ?

3. 내일 다 같이 나갈 거지요 ?

4. 찜닭 정말 맛있지요 ? 또 먹고 싶어요 .

5. 우리 오빠 너무 멋있지요 ? 만찢남이에요 .

6. 대만 날씨가 덥고 습하지요 ?

7. 여기가 이대지요 ?

8. 다음에 김치찌개를 만들 거지요 ?

9. 가 : 어제 친구하고 같이 홍대에 갔지요 ?
    나 : 네 , 어떻게 알았어요 ?

10. 요즘 한국어를 배우는 사람들이 많지요 ?

Lesson 43

1. 대만 날씨가 한국 날씨보다 더워요 .

2. 한국 음식이 대만 음식보다 매워요 .

3. 대만 여자보다 한국 여자가 화장을 많이
    해요 .

4. 아저씨보다 오빠가 더 좋아요 . 오빠라고
    불러 주세요 .

5. 만화 내용이 드라마보다 더 재미있어요 .

6. 오늘 환율이 어제보다 떨어졌어요 .

7. 말하기보다 쓰기 정말 어려워요 .

8. 남자 주인공보다 여자 주인공 연기 더 잘
해요 .

9. 가 : 아빠가 좋아요 , 엄마가 좋아요 ?

　　나 : 엄마가 아빠보다 좋아요 .

10. 가 : 치마를 자주 입어요 , 바지를 자주 입
　　어요 ?

　　나 : 치마보다 바자를 자주 입어요 .

Lesson 44

1. 저는 K 팝을 자주 듣지만 가사 내용 잘 몰
라요 .

2. 커피는 맛있지만 많이 마시면 안 돼요 .

3. 대만에도 짜장면 있지만 한국 짜장면하고
달라요 .

4. 작년에는 나나 씨가 상을 받았지만 올해는
받지 못했어요 .

5. 저는 한국 드라마를 좋아하지만 너무 바빠
서 가끔 봐요 .

6. 이번에 1 등은 못 했지만 그래도 정말 잘
했어요 .

7. 어제는 열심히 운동했지만 오늘은 하기 싫
어요 .

8. 돈은 많지만 행복하지 않아요 .

9. 춤과 노래 실력은 좋지만 인기가 없어요 .

10. 한국어를 아직 잘 못하지만 한국어로 대화
하고 싶어요 .

Lesson 45

1. 가 : 뭐 해요 ?

　　나 : 아파서 집에서 쉬고 있어요 .

2. 가 : 준비 다 했어요 ?

　　나 : 아니요 , 지금 하고 있어요 .

3. 가 : 무슨 일을 하세요 ?

　　나 : 회사에 다니고 있어요 .

4. 가 : 어제 밤 11 시에 뭐 했어요 ?

　　나 : 그때 공부하고 있었어요 . 왜요 ?

5. 미안해요 . 지금 운전하고 있어요 . 이따가
다시 전화할게요 .

6. 어머니께서 부엌에서 요리하고 계세요 .

7. 동생은 방에서 자고 있고 아버지는 거실에
서 텔레비전을 보고 계세요 .

8. 가 : 여보세요 ? 듣고 있어요 ?

　　나 : 네 , 말씀하세요 . 듣고 있어요 .

9. 가 : 그 영화 봤어 ?

　　나 : 지금 보고 있어 . 다 보고 얘기하자 .

10. 지금 뭐 하고 있어요 ?

Lesson 46

1. 가 : 뭘 도와 드릴까요 ?

　　나 : 이거 좀 바꿔 주세요 .

2. 저는 외국인이에요 . 천천히 말해 주세요 .

3. 뭘 찾으세요 ? 소개해 드릴까요 ?

4. 가 : 어떻게 해 드릴까요 ?

　　나 : 머리 좀 잘라 주세요 .

5. 저 치마 좀 보여 주세요 .

6. 오빠가 밥을 사 줬어요 .

7. 가 : 사진 찍어 드릴까요 ?

　　나 : 네 , 사진 좀 찍어 주세요 .

8. 나도 한국어를 배우고 싶어 . 좀 가르쳐 줘 .

9. 오빠 너무 멋있어요 . 사인해 주세요 .

10. 친구한테 10 만 원을 빌려줬어요 .

Lesson 47

1. 한복을 입어 봤어요 ?

2. 이 책 정말 재미있어 . 한번 읽어 봐 .

3. 그 노래 들어 봤지요? 진짜 좋지요?

4. 한국 민속촌에 가 봤어요?

5. 이건 제가 만든 케이크예요. 한번 먹어 보세요. / 드셔 보세요.

6. 가 : 이 모자를 써 봐도 돼요?
   나 : 그럼요, 써 보세요.

7. 한국 노래방에서 노래를 해 봤어요?

8. 이 친구 아주 착해요. 한번 만나 봐요.

9. 이 식당 처음 봐요. 들어가 볼까요?

10. 가 : 인삼 커피가 맛있어요?
    나 : 저도 몰라요. 마셔볼까요?

Lesson 48

1. 너무 피곤해서 자고 싶어요.

2. 한국 드라마를 보고 싶어서 한국어를 배워요.

3. 오늘 커피를 많이 마셔서 잠이 안 와요.

4. 돈이 없어서 한국에 못 가요.

5. 일요일이라서 / 일요일이어서 회사에 안 가도 돼요.

6. 가 : 많이 피곤해요?
   나 : 어제 잠을 잘 못 자서요.

7. 너무 바빠서 쉬지 못해요.

8. 연휴라서 / 연휴여서 비행기표가 없어요.

9. 옷이 너무 예뻐서 다 샀어요.

10. 늦어서 미안해요.

Lesson 49

1. 가 : 좀 더워요. 에어컨을 켜도 돼요?
   나 : 네, 켜도 돼요.

2. 박물관에서 사진을 찍어도 괜찮아요?

3. 오늘 휴일이에요. 회사에 안 가도 돼요.

4. 과자를 먹어도 되지만 많이 먹지 마세요.

5. 가 : 신발을 신어 봐도 돼요?

나 : 그럼요, 신어 보세요.

6. 다리 좀 아파요. 혹시 앉아도 돼요?

7. 선물을 안 줘도 돼요.

8. 한국어를 잘 못하면 영어로 말해도 돼요.

9. 쉬는 시간에 커피를 마셔도 되지요?

10. 잠깐 쉬어도 될까요?

Lesson 50

1. 가수들은 노래를 잘해야 돼요.

2. 가 : 내일 시간이 있어요?
   나 : 아니요, 내일은 아르바이트해야 돼요.

3. 가 : 한국어를 잘하고 싶어요.
   나 : 그럼, 매일 연습해야 돼요.

4. 가 : 오늘 같이 영화를 볼까요?
   나 : 미안해요. 시험 준비를 해야 돼요.

5. 강남에 가고 싶어요. 어떻게 가야 돼요?

6. 식당 음식은 맛있어야 돼요. 맛없으면 손님이 안 와요.

7. 외국 여행을 가고 싶으면 여권이 있어야 돼요.

8. 콘서트를 보고 싶으면 빨리 표를 사야 돼요.

9. 어른들에게 존댓말을 해야 돼요.

10. 가 : 내일 아침 6 시에 일어나야 돼요.
    나 : 그럼, 오늘 일찍 자야 돼요.

200 組文法變化表

沒有尾音的單字

動詞			
中文	原型	現在式	過去式	未來式
去	가다	가요	갔어요	갈 거예요
來	오다	와요	왔어요	올 거예요
喝	마시다	마셔요	마셨어요	마실 거예요
教	가르치다	가르쳐요	가르쳤어요	가르칠 거예요
等	기다리다	기다려요	기다렸어요	기다릴 거예요
見面	만나다	만나요	만났어요	만날 거예요
起床	일어나다	일어나요	일어났어요	일어날 거예요
背（書）	외우다	외워요	외웠어요	외울 거예요
畫	그리다	그려요	그렸어요	그릴 거예요
看	보다	봐요	봤어요	볼 거예요
換	바꾸다	바꿔요	바꿨어요	바꿀 거예요
學	배우다	배워요	배웠어요	배울 거예요
寄	보내다	보내요	보냈어요	보낼 거예요
睡	자다	자요	잤어요	잘 거예요
給	주다	줘요	줬어요	줄 거예요
給（敬語）	드리다	드려요	드렸어요	드릴 거예요
結束	끝나다	끝나요	끝났어요	끝날 거예요
借	빌리다	빌려요	빌렸어요	빌릴 거예요
搭、乘	타다	타요	탔어요	탈 거예요
換乘	갈아타다	갈아타요	갈아탔어요	갈아탈 거예요
下（車）	내리다	내려요	내렸어요	내릴 거예요

買	사다	사요	샀어요	살 거예요
休息	쉬다	쉬어요	쉬었어요	쉴 거예요
交（往）	사귀다	사귀어요	사귀었어요	사귈 거예요
跳舞	춤을 추다	춤을 춰요	춤을 췄어요	춤을 출 거예요
抽菸	담배를 피우다	담배를 피워요	담배를 피웠어요	담배를 피울 거예요
彈吉他	기타를 치다	기타를 쳐요	기타를 쳤어요	기타를 칠 거예요
打網球	테니스를 치다	테니스를 쳐요	테니스를 쳤어요	테니스를 칠 거예요
彈鋼琴	피아노를 치다	피아노를 쳐요	피아노를 쳤어요	피아노를 칠 거예요
打高爾夫	골프를 치다	골프를 쳐요	골프를 쳤어요	골프를 칠 거예요
出去	나가다	나가요	나갔어요	나갈 거예요
出來	나오다	나와요	나왔어요	나올 거예요
上去	올라가다	올라가요	올라갔어요	올라갈 거예요
上來	올라오다	올라와요	올라왔어요	올라올 거예요
下去	내려가다	내려가요	내려갔어요	내려갈 거예요
下來	내려오다	내려와요	내려왔어요	내려올 거예요
回去	돌아가다	돌아가요	돌아갔어요	돌아갈 거예요
回來	돌아오다	돌아와요	돌아왔어요	돌아올 거예요
進去	들어가다	들어가요	들어갔어요	들어갈 거예요
進來	들어오다	들어와요	들어왔어요	들어올 거예요
去一趟	다녀오다	다녀와요	다녀왔어요	다녀올 거예요
上（班/學）	다니다	다녀요	다녔어요	다닐 거예요
跑去	뛰어가다	뛰어가요	뛰어갔어요	뛰어갈 거예요
站	서다	서요	섰어요	설 거예요
分（享）	나누다	나눠요	나눴어요	나눌 거예요
吃、喝（敬語）	드시다	드셔요（드세요）	드셨어요	드실 거예요
運動	운동하다	운동해요	운동했어요	운동할 거예요

打籃球	농구하다	농구해요	농구했어요	농구할 거예요
打棒球	야구하다	야구해요	야구했어요	야구할 거예요
寫功課	숙제하다	숙제해요	숙제했어요	숙제할 거예요
洗澡	샤워하다	샤워해요	샤워했어요	샤워할 거예요
洗手、臉	세수하다	세수해요	세수했어요	세수할 거예요
介紹	소개하다	소개해요	소개했어요	소개할 거예요
逛街	쇼핑하다	쇼핑해요	쇼핑했어요	쇼핑할 거예요
討厭	싫어하다	싫어해요	싫어했어요	싫어할 거예요
喜歡	좋아하다	좋아해요	좋아했어요	좋아할 거예요
釣魚	낚시하다	낚시해요	낚시했어요	낚시할 거예요
登山	등산하다	등산해요	등산했어요	등산할 거예요
散步	산책하다	산책해요	산책했어요	산책할 거예요
游泳	수영하다	수영해요	수영했어요	수영할 거예요
下班	퇴근하다	퇴근해요	퇴근했어요	퇴근할 거예요
化妝	화장하다	화장해요	화장했어요	화장할 거예요
開會	회의하다	회의해요	회의했어요	회의할 거예요
唱歌	노래하다	노래해요	노래했어요	노래할 거예요
說話	말하다	말해요	말했어요	말할 거예요
煮菜	요리하다	요리해요	요리했어요	요리할 거예요
打工	아르바이트하다	아르바이트해요	아르바이트했어요	아르바이트할 거예요
打掃	청소하다	청소해요	청소했어요	청소할 거예요
旅行	여행하다	여행해요	여행했어요	여행할 거예요
工作	일하다	일해요	일했어요	일할 거예요
約定	약속하다	약속해요	약속했어요	약속할 거예요
畢業	졸업하다	졸업해요	졸업했어요	졸업할 거예요
聊天	이야기하다	이야기해요	이야기했어요	이야기할 거예요

讀書	공부하다	공부해요	공부했어요	공부할 거예요
結婚	결혼하다	결혼해요	결혼했어요	결혼할 거예요
玩遊戲	게임하다	게임해요	게임했어요	게임할 거예요
參觀	구경하다	구경해요	구경했어요	구경할 거예요
通話	통화하다	통화해요	통화했어요	통화할 거예요
洗衣服	빨래하다	빨래해요	빨래했어요	빨래할 거예요
約會	데이트하다	데이트해요	데이트했어요	데이트할 거예요
到達	도착하다	도착해요	도착했어요	도착할 거예요
回答	대답하다	대답해요	대답했어요	대답할 거예요
愛	사랑하다	사랑해요	사랑했어요	사랑할 거예요
用餐	식사하다	식사해요	식사했어요	식사할 거예요
使用	사용하다	사용해요	사용했어요	사용할 거예요
打電話	전화하다	전화해요	전화했어요	전화할 거예요
準備	준비하다	준비해요	준비했어요	준비할 거예요
上班	출근하다	출근해요	출근했어요	출근할 거예요
加班	야근하다	야근해요	야근했어요	야근할 거예요
出發	출발하다	출발해요	출발했어요	출발할 거예요

形容詞

中文	原型	現在式	過去式	未來式
慢	느리다	느려요	느렸어요	-
鹹	짜다	짜요	짰어요	-
酸	시다	셔요	셨어요	-
乾淨	깨끗하다	깨끗해요	깨끗했어요	-
疲累	피곤하다	피곤해요	피곤했어요	-
複雜	복잡하다	복잡해요	복잡했어요	-
健康	건강하다	건강해요	건강했어요	-
便宜	싸다	싸요	쌌어요	-

貴	비싸다	비싸요	비쌌어요	-
涼爽	시원하다	시원해요	시원했어요	-
溫暖	따뜻하다	따뜻해요	따뜻했어요	-
無聊	심심하다	심심해요	심심했어요	-
方便	편하다	편해요	편했어요	-
不便	불편하다	불편해요	불편했어요	-
好奇	궁금하다	궁금해요	궁금했어요	-
親切	친절하다	친절해요	친절했어요	-
安靜	조용하다	조용해요	조용했어요	-
潮濕	습하다	습해요	습했어요	-
乾燥	건조하다	건조해요	건조했어요	-

有尾音的單字

動詞				
中文	原型	現在式	過去式	未來式
吃	먹다	먹어요	먹었어요	먹을 거예요
讀	읽다	읽어요	읽었어요	읽을 거예요
穿	입다	입어요	입었어요	입을 거예요
坐	앉다	앉아요	앉았어요	앉을 거예요
擦拭	닦다	닦아요	닦았어요	닦을 거예요
笑	웃다	웃어요	웃었어요	웃을 거예요
關	닫다	닫아요	닫았어요	닫을 거예요
尋找	찾다	찾아요	찾았어요	찾을 거예요
拍（照）	찍다	찍어요	찍었어요	찍을 거예요
收	받다	받아요	받았어요	받을 거예요
洗	씻다	씻어요	씻었어요	씻을 거예요

穿（鞋）	신다	신어요	신었어요	신을 거예요
抄寫	적다	적어요	적었어요	적을 거예요
切斷、掛斷	끊다	끊어요	끊었어요	끊을 거예요
摺疊	접다	접어요	접었어요	접을 거예요
選、抽	뽑다	뽑아요	뽑았어요	뽑을 거예요
嚼	씹다	씹어요	씹었어요	씹을 거예요
抓	잡다	잡아요	잡았어요	잡을 거예요
放上去	올려놓다	올려놓아요	올려놓았어요	올려놓을 거예요
死	죽다	죽어요	죽었어요	죽을 거예요

形容詞

中文	原型	現在式	過去式	未來式
遲	늦다	늦어요	늦었어요	-
有	있다	있어요	있었어요	-
沒有	없다	없어요	없었어요	-
小	작다	작아요	작았어요	-
多	많다	많아요	많았어요	-
少	적다	적어요	적었어요	-
帥氣	멋있다	멋있어요	멋있었어요	-
晴朗、明亮	맑다	맑아요	맑았어요	-
討厭	싫다	싫어요	싫었어요	-
好	좋다	좋아요	좋았어요	-
有趣	재미있다	재미있어요	재미있었어요	-
無趣	재미없다	재미없어요	재미없었어요	-
好吃	맛있다	맛있어요	맛있었어요	-
不好吃	맛없다	맛없어요	맛없었어요	-
短	짧다	짧아요	짧았어요	-
沒關係	괜찮다	괜찮아요	괜찮았어요	-
高	높다	높아요	높았어요	-
薄	얇다	얇아요	얇았어요	-

尾音是 ㄹ 的單字

動詞				
中文	原型	現在式	過去式	未來式
生活、住	살다	살아요	살았어요	살 거예요
賣	팔다	팔아요	팔았어요	팔 거예요
玩	놀다	놀아요	놀았어요	놀 거예요
哭	울다	울어요	울었어요	울 거예요
製作	만들다	만들어요	만들었어요	만들 거예요
打開	열다	열어요	열었어요	열 거예요
知道	알다	알아요	알았어요	알 거예요
賺	벌다	벌어요	벌었어요	벌 거예요
吹（風）	불다	불어요	불었어요	불 거예요
打電話	전화를 걸다	전화를 걸어요	전화를 걸었어요	전화를 걸 거예요
形容詞				
中文	原型	現在式	過去式	未來式
長	길다	길어요	길었어요	-
甜	달다	달아요	달았어요	-
遠	멀다	멀어요	멀었어요	-
累	힘들다	힘들어요	힘들었어요	-

ㅂ 不規則的單字

動詞				
中文	原型	現在式	過去式	未來式
幫助	돕다	도와요	도왔어요	도울 거예요
烤	굽다	구워요	구웠어요	구울 거예요
躺	눕다	누워요	누웠어요	누울 거예요
形容詞				
中文	原型	現在式	過去式	未來式
可愛	귀엽다	귀여워요	귀여웠어요	-
熱	덥다	더워요	더웠어요	-
冷	춥다	추워요	추웠어요	-
難	어렵다	어려워요	어려웠어요	-
簡單	쉽다	쉬워요	쉬웠어요	-
謝謝	고맙다	고마워요	고마웠어요	-
（味道）淡	싱겁다	싱거워요	싱거웠어요	-
髒	더럽다	더러워요	더러웠어요	-
近	가깝다	가까워요	가까웠어요	-
辣	맵다	매워요	매웠어요	-
重	무겁다	무거워요	무거웠어요	-
輕	가볍다	가벼워요	가벼웠어요	-
暗	어둡다	어두워요	어두웠어요	-
美	아름답다	아름다워요	아름다웠어요	-
可怕	무섭다	무서워요	무서웠어요	-
吵	시끄럽다	시끄러워요	시끄러웠어요	-
厚	두껍다	두꺼워요	두꺼웠어요	-
高興	반갑다	반가워요	반가웠어요	-
畏懼	두렵다	두려워요	두려웠어요	-
漂亮	곱다	고와요	고왔어요	-

ㄷ 不規則的單字

動詞				
中文	原型	現在式	過去式	未來式
聽	듣다	들어요	들었어요	들을 거예요
走	걷다	걸어요	걸었어요	걸을 거예요
問	묻다	물어요	물었어요	물을 거예요

ㅡ 不規則的單字

動詞				
中文	原型	現在式	過去式	未來式
寫	쓰다	써요	썼어요	-
收集	모으다	모아요	모았어요	-
形容詞				
中文	原型	現在式	過去式	未來式
餓	고프다	고파요	고팠어요	-
痛、生病	아프다	아파요	아팠어요	-
悲傷	슬프다	슬퍼요	슬펐어요	-
忙	바쁘다	바빠요	바빴어요	-
壞	나쁘다	나빠요	나빴어요	-
高興	기쁘다	기뻐요	기뻤어요	-
大	크다	커요	컸어요	-

르 不規則的單字

動詞				
中文	原型	現在式	過去式	未來式
挑選	고르다	골라요	골랐어요	고를 거예요
培養、飼養	기르다	길러요	길렀어요	기를 거예요
剪	자르다	잘라요	잘랐어요	자를 거예요
叫、唱	부르다	불러요	불렀어요	부를 거예요
不知道	모르다	몰라요	몰랐어요	모를 거예요
形容詞				
中文	原型	現在式	過去式	未來式
不同	다르다	달라요	달랐어요	-
快	빠르다	빨라요	빨랐어요	-

韓語文法關鍵 50 選,一丁點就通 / 丁芷沂著 . -- 初版 .
-- 臺北市 : 日月文化, 2018.11
　　面；　公分
ISBN 978-986-248-764-8（平裝）

1. 韓語　2. 語法

803.26　　　　　　　　　　　　　　107016741

EZ Korea 22

韓語文法關鍵50選,一丁點就通:
專為華人打造,最好懂的韓語文法入門書

作　　　者：丁芷沂
審　　　訂：陳慶智
編　　　輯：陳靖婷、郭怡廷
校對協助：陳金巧
內頁排版：簡單瑛設
封面設計：方加呂

發 行 人：洪祺祥
副總經理：洪偉傑
副總編輯：曹仲堯
法律顧問：建大法律事務所
財務顧問：高威會計師事務所

出　　　版：日月文化出版股份有限公司
製　　　作：EZ叢書館
地　　　址：臺北市信義路三段151號8樓
電　　　話：(02) 2708-5509
傳　　　真：(02) 2708-6157
客服信箱：service@heliopolis.com.tw
網　　　址：www.heliopolis.com.tw
郵撥帳號：19716071日月文化出版股份有限公司

總 經 銷：聯合發行股份有限公司
電　　　話：(02) 2917-8022
傳　　　真：(02) 2915-7212

印　　　刷：中原造像股份有限公司
初　　　版：2018年11月
定　　　價：330元
I S B N：978-986-248-764-8